ALBERTO CAEIRO
POEMAS COMPLETOS
FERNANDO PESSOA

Prêmio internacional HOW Design Annual — 2010
para as capas da coleção. *HOW Magazine* é
renomada revista americana de design gráfico

Prêmio internacional AIGA 50 Books/50Covers — 2008
para o projeto gráfico da coleção pelo
American Institute of Graphic Arts (AIGA)

ALBERTO CAEIRO
POEMAS COMPLETOS
FERNANDO PESSOA
CLÁSSICOS
SARAIVA

Conforme a nova ortografia

1ª edição

Editora Saraiva

CLÁSSICOS SARAIVA

Gerência editorial
Rogério Gastaldo

Coordenação editorial e de produção
Edições Jogo de Amarelinha

Assistência editorial
Valéria Franco Jacintho

Projeto gráfico, capa e edição de arte
Rex Design

Ilustração de capa
Carvall

Revisão
Pedro Cunha Jr. e Lilian Semenichin (coords.) / Veridiana Cunha / Alexandre Resende / Luciana Azevedo / Rhennan Santos / Aline Araújo

Elaboração *Diários de um Clássico, Contextualização Histórica* **e** *Suplemento de Atividades*
Claudio Blanc

Elaboração *Entrevista Imaginária* **e** *Projeto Leitura e Didatização*
Davi Fazzolari

Impressão e Acabamento
Gráfica Paym

Dados Internacionais de Catalogação na Publicação (CIP)
(Câmara Brasileira do Livro, SP, Brasil)

Pessoa, Fernando, 1888-1935.
Alberto Caeiro: poemas completos / Fernando Pessoa. – São Paulo:
Saraiva, 2007 – (Clássicos Saraiva)

ISBN 978-85-02-06715-8 (aluno)

1. Poesia portuguesa I. Título. II. Série.

07-7162   CDD-869.1

Índice para catálogo sistemático:
1. Poesia: Literatura portuguesa   869.1

© Editora Saraiva, 2010
SARAIVA Educação S.A.
Avenida das Nações Unidas, 7221 – Pinheiros
CEP 05425-902 – São Paulo – SP
Tel.: (0xx11) 4003-3061
www.editorasaraiva.com.br
atendimento@aticascipione.com.br

8ª tiragem, 2022
CL: 810189
CAE: 603310

Visite o *site* dos Clássicos Saraiva:
www.editorasaraiva.com.br/classicossaraiva

Todas as citações de textos contidas neste livro estão de acordo com a legislação, tendo por fim único e exclusivo o ensino. Caso exista algum texto a respeito do qual seja necessária a inclusão de informação adicional, ficamos à disposição para o contato pertinente. Do mesmo modo, fizemos todos os esforços para identificar e localizar os titulares dos direitos sobre as imagens publicadas e estamos à disposição para suprir eventual omissão de crédito em futuras edições.

Caro leitor,

Durante todo o ensino fundamental, o estudante terá percorrido oito ou nove anos de leitura de textos variados. Ao chegar ao ensino médio, ele passa a ter contato com o estudo sistematizado de literatura brasileira. Nesse sentido, aprende a situar autores e obras na linha do tempo, a identificar a estética literária a que pertencem etc. Mas não passa, necessariamente, a ler mais.

É tempo de repensar esse caminho. É hora de propor novos rumos à leitura e à forma como se lê. Os **CLÁSSICOS SARAIVA** *pretendem oferecer ao estudante e ao professor uma gama de opções de leitura que proporcione um modo de organizar o trabalho de formação de leitores competentes, de consolidação de hábitos de leitura, e também de preparação para o vestibular e para a vida adulta. Apresentando obras clássicas da literatura brasileira, portuguesa e universal, oferecemos a possibilidade de estabelecer um diálogo entre autores, entre obras, entre estilos, entre tempos diferentes.*

Afinal, por que não promover diálogos internos na literatura e também com outras artes e linguagens? Veja o que nos diz o professor William Cereja: "A literatura é um fenômeno artístico e cultural vivo, dinâmico, complexo, que não caminha de forma linear e isolada. Os diálogos que ocorrem em seu interior transcendem fronteiras geográficas e linguísticas. Ora, se o percurso da própria literatura está cheio de rupturas, retomadas e saltos, por que o professor, prendendo-se à rigidez da cronologia histórica, deveria engessá-la?".

Esperamos oferecer ao jovem leitor e ao público em geral um panorama de obras de leitura fundamental para a formação de um cidadão consciente e bem-preparado para o mundo do século XXI. Para tanto, além da seleção de textos de grande valor da literatura brasileira, portuguesa e universal, os **CLÁSSICOS SARAIVA** *apresentam, ao final de cada livro, os DIÁRIOS DE UM CLÁSSICO – um panorama do autor, de sua obra, de sua linguagem e estilo, do mundo em que viveu e muito mais. Além disso, oferecemos um painel de textos para a CONTEXTUALIZAÇÃO HISTÓRICA – contextos históricos, sociais e culturais relacionados ao período literário em que a obra floresceu. Por fim, oferecemos uma ENTREVISTA IMAGINÁRIA com o Autor – conversa fictícia com o escritor em algum momento-chave de sua vida.*

Desejamos que você, caríssimo leitor, desfrute do prazer da leitura!

SUMÁRIO

**ALBERTO CAEIRO
POEMAS COMPLETOS**

PREFÁCIO DE RICARDO REIS 9
O GUARDADOR DE REBANHOS 12
O PASTOR AMOROSO 71
POEMAS INCONJUNTOS 79
ÍNDICE DOS PRIMEIROS VERSOS 154

DIÁRIOS DE UM CLÁSSICO 159
CONTEXTUALIZAÇÃO HISTÓRICA 179
ENTREVISTA IMAGINÁRIA COM O IMAGINÁRIO ALBERTO CAEIRO 188

    ENTREVISTA COM ALBERTO CAEIRO, POR ALEXANDRE SEARCH 191
    NOTAS PARA A RECORDAÇÃO DO MEU MESTRE CAEIRO, POR ÁLVARO DE CAMPOS 194

Quem tem as flores não precisa de Deus.
A. CAEIRO

PREFÁCIO DE RICARDO REIS

Alberto Caeiro da Silva nasceu em Lisboa a 16 de abril em 1889, e nessa cidade faleceu, tuberculoso, em ★ de 1915. A sua vida, porém decorreu quase toda numa quinta do Ribatejo; só os primeiros dois anos dele, e os últimos meses, foram passados na sua cidade natal. Nessa quinta isolada cuja aldeia próxima considerava por sentimento como sua terra, escreveu Caeiro quase todos os seus poemas – os primeiros, a que chamou "de criança", os do livro intitulado *O guardador de rebanhos*, os do livro, ou o quer que fosse, incompleto, chamado *O Pastor Amoroso*, e alguns, os primeiros, dos que eu mesmo, herdando-os para publicar, com todos os outros, reuni sob a designação, que Álvaro de Campos me sugeriu bem, de *Poemas inconjuntos*. Os últimos destes poemas são porém produto do último período da vida do autor, de novo passada em Lisboa. Julgo de meu dever estabelecer esta breve distinção, pois alguns desses últimos poemas revelam, na perturbação da doença, uma novidade um pouco estranha ao caráter geral da obra, assim em natureza como em direção.

A vida de Caeiro não pode narrar-se pois que não há nele de que narrar. Seus poemas são o que viveu. Em tudo mais não houve incidentes, nem há história. O mesmo breve episódio, improfícuo e absurdo, que deu origem aos oito poemas de *O pastor amoroso*, não foi um incidente, senão, por assim dizer, um esquecimento.

A obra de Caeiro representa a reconstrução integral de paganismo, na sua essência absoluta, tal como nem os gregos nem os romanos, que viveram nele e por isso o não pensaram, o puderam fazer. A obra, porém, e o seu paganismo, não foram nem pensados nem até sentidos: foram vividos com o que quer que seja que é em nós mais profundo que o sentimento ou a razão. Dizer mais fora explicar, o que de nada serve; afirmar menos fora mentir. Toda obra fala por si, com a voz que lhe é própria,

---

★ Espaço em branco deixado pelo autor em seu original.

e naquela linguagem em que é pensada, quem não entende, não pode entender, e não há pois que explicar-lhe. É como fazer compreender a alguém, espaçando as palavras no dizer, um idioma que nunca aprendeu.

Ignorante da vida e quase ignorante das letras, quase sem convívio nem cultura, fez Caeiro a sua obra por um progresso imperceptível e profundo, como aquele que dirige, através das consciências inconscientes dos homens, o desenvolvimento lógico das civilizações. Foi um progresso de sensações, ou, antes, de maneiras de as ter, e uma evolução íntima de pensamentos derivados de tais sensações progressivas. Por uma intuição sobre-humana, como aquelas que fundam religiões para sempre, porém a que não assenta o título de religiosa, por isso que, como o sol e a chuva, repugna toda a religião e toda a metafísica, este homem descobriu o mundo sem pensar nele, e criou um conceito do universo que não contém meras interpretações.

Pensei, quando primeiro me foi entregada a empresa de prefaciar este livro, em fazer um largo estudo, crítico e excursivo, sobre a obra de Caeiro e a sua natureza e destino fatal. Tentei com abundância escrevê-lo. Porém não pude fazer estudo algum que me satisfizesse. Não se pode comentar, porque se não pode pensar, o que é direto, como o céu e a terra; pode tão somente ver-se e sentir-se.

Pesa-me que a razão me compila a dizer este pouco de palavras ante a obra do meu Mestre, de não poder escrever, de útil ou de necessário, com a cabeça, mais que disse, com o coração, na Ode XIV do Livro I meu, com a qual choro o homem que foi para mim, como virá a ser para mais que muitos, o revelador da Realidade, ou, como ele mesmo disse, "o Argonauta das sensações verdadeiras" – o grande Libertador, que nos restituiu, cantando, ao nada luminoso que somos; que nos arrancou à morte e à vida, deixando-nos entre as simples coisas, que nada conhecem, em seu decurso, de viver nem de morrer; que nos livrou da esperança e da desesperança, para que nos não consolemos sem razão nem nos entristeçamos sem causa; convivas com ele, sem pensar, da realidade objetiva do Universo.

Dou a obra, cuja edição me foi cometida, ao acaso fatal do mundo. Dou-a e digo:

Alegrai-vos, todos vós que chorais na maior das doenças da História!

O Grande Pã renasceu!

*Esta obra inteira é dedicada
por desejo do próprio autor
à memória de Cesário Verde.*

O GUARDADOR DE REBANHOS

I

Eu nunca guardei rebanhos,
Mas é como se os guardasse.
Minha alma é como um pastor,
Conhece o vento e o sol
E anda pela mão das Estações
A seguir e a olhar.
Toda a paz da Natureza sem gente
Vem sentar-se a meu lado.
Mas eu fico triste como um pôr de sol
Para a nossa imaginação,
Quando esfria no fundo da planície
E se sente a noite entrada
Como uma borboleta pela janela.

Mas a minha tristeza é sossego
Porque é natural e justa
E é o que deve estar na alma
Quando já pensa que existe
E as mãos colhem flores sem ela dar por isso.

Como um ruído de chocalhos
Para além da curva da estrada,
Os meus pensamentos são contentes.
Só tenho pena de saber que eles são contentes,
Porque, se o não soubesse,
Em vez de serem contentes e tristes,
Seriam alegres e contentes.

Pensar incomoda como andar à chuva
Quando o vento cresce e parece que chove mais.

Não tenho ambições nem desejos.
Ser poeta não é uma ambição minha.
É a minha maneira de estar sozinho.

E se desejo às vezes,
Por imaginar, ser cordeirinho
(Ou ser o rebanho todo
Para andar espalhado por toda a encosta
A ser muita cousa feliz ao mesmo tempo),
É só porque sinto o que escrevo ao pôr do sol,
Ou quando uma nuvem passa a mão por cima da luz
E corre um silêncio pela erva fora.

Quando me sento a escrever versos
Ou, passeando pelos caminhos ou pelos atalhos,
Escrevo versos num papel que está no meu pensamento,
Sinto um cajado nas mãos
E vejo um recorte de mim
No cimo dum outeiro,
Olhando para o meu rebanho e vendo as minhas ideias
Ou olhando para as minhas ideias e vendo o meu rebanho,
E sorrindo vagamente como quem não compreende o que se diz
E quer fingir que compreende.

Saúdo todos os que me lerem,
Tirando-lhes o chapéu largo
Quando me veem à minha porta
Mal a diligência levanta no cimo do outeiro.
Saúdo-os e desejo-lhes sol,
E chuva, quando a chuva é precisa,
E que as suas casas tenham
Ao pé duma janela aberta
Uma cadeira predileta
Onde se sentem, lendo os meus versos.
E ao lerem os meus versos pensem
Que sou qualquer cousa natural –

Por exemplo, a árvore antiga
À sombra da qual quando crianças
Se sentavam com um baque, cansados de brincar,
E limpavam o suor da testa quente
Com a manga do bibe riscado.

II

O meu olhar é nítido como um girassol.
Tenho o costume de andar pelas estradas
Olhando para a direita e para a esquerda,
E de vez em quando olhando para trás...
E o que vejo a cada momento
É aquilo que nunca antes eu tinha visto,
E eu sei dar por isso muito bem...
Sei ter o pasmo comigo
Que tem uma criança se, ao nascer,
Reparasse que nascera deveras...
Sinto-me nascido a cada momento
Para a eterna novidade do mundo...

Creio no mundo como num malmequer,
Porque o vejo. Mas não penso nele
Porque pensar é não compreender...
O mundo não se fez para pensarmos nele
(Pensar é estar doente dos olhos)
Mas para olharmos para ele e estarmos de acordo.

Eu não tenho filosofia: tenho sentidos...
Se falo na Natureza não é porque saiba o que ela é,
Mas porque a amo, e amo-a por isso,
Porque quem ama nunca sabe o que ama
Nem sabe porque ama, nem o que é amar...

Amar é a eterna inocência,
E a única inocência é não pensar...

III

Ao entardecer, debruçado pela janela,
E sabendo de soslaio que há campos em frente,
Leio até me arderem os olhos
O livro de Cesário Verde.

Que pena que tenho dele! Ele era um camponês
Que andava preso em liberdade pela cidade.
Mas o modo como olhava para as casas,
E o modo como reparava nas ruas,
E a maneira como dava pelas pessoas,
É o de quem olha para árvores,
E de quem desce os olhos pela estrada por onde vai andando
E anda a reparar nas flores que há pelos campos...

Por isso ele tinha aquela grande tristeza
Que ele nunca disse bem que tinha,
Mas andava na cidade como quem não anda no campo
E triste como esmagar flores em livros
E pôr plantas em jarros...

IV

Esta tarde a trovoada caiu
Pelas encostas do céu abaixo
Como um pedregulho enorme...

Como alguém que duma janela alta
Sacode uma toalha de mesa,
E as migalhas, por caírem todas juntas,
Fazem algum barulho ao cair,
A chuva chiou do céu
E enegreceu os caminhos...

Quando os relâmpagos sacudiam o ar
E abanavam o espaço
Como uma grande cabeça que diz que não,
Não sei porquê – eu não tinha medo –
Pus-me a querer rezar a Santa Bárbara
Como se eu fosse a velha tia de alguém...

Ah! é que rezando a Santa Bárbara
Eu sentia-me ainda mais simples
Do que julgo que sou...
Sentia-me familiar e caseiro
E tendo passado a vida
Tranquilamente, como o muro do quintal;
Tendo ideias e sentimentos por os ter
Como uma flor tem perfume e cor...

Sentia-me alguém que possa acreditar em Santa Bárbara...
Ah, poder crer em Santa Bárbara!
(Quem crê que há Santa Bárbara,

Julgará que ela é gente e visível
Ou que julgará dela?)

(Que artifício! Que sabem
As flores, as árvores, os rebanhos,
De Santa Bárbara?... Um ramo de árvore,
Se pensasse, nunca podia
Construir santos nem anjos...
Poderia julgar que o sol
Alumia, e que a trovoada
É uma quantidade de gente
Zangada por cima de nós...
Ah, como os mais simples dos homens
São doentes e confusos e estúpidos
Ao pé da clara simplicidade
E saúde em existir
Das árvores e das plantas!)

E eu, pensando em tudo isto,
Fiquei outra vez menos feliz...
Fiquei sombrio e adoecido e soturno
Como um dia em que todo o dia a trovoada ameaça
E nem sequer de noite chega...

V

Há metafísica bastante em não pensar em nada.

O que penso eu do mundo?
Sei lá o que penso do mundo!
Se eu adoecesse pensaria nisso.

Que ideia tenho eu das cousas?
Que opinião tenho sobre as causas e os efeitos?
Que tenho eu meditado sobre Deus e a alma
E sobre a criação do mundo?
Não sei. Para mim pensar nisso é fechar os olhos
E não pensar. É correr as cortinas
Da minha janela (mas ela não tem cortinas).

O mistério das cousas? Sei lá o que é mistério!
O único mistério é haver quem pense no mistério.
Quem está ao sol e fecha os olhos,
Começa a não saber o que é o sol
E a pensar muitas cousas cheias de calor.
Mas abre os olhos e vê o sol,
E já não pode pensar em nada,
Porque a luz do sol vale mais que os pensamentos
De todos os filósofos e de todos os poetas.
A luz do sol não sabe o que faz
E por isso não erra e é comum e boa.

Metafísica? Que metafísica têm aquelas árvores?
A de serem verdes e copadas e de terem ramos
E a de dar fruto na sua hora, o que não nos faz pensar,
A nós, que não sabemos dar por elas.

Mas que melhor metafísica que a delas,
Que é a de não saber para que vivem
Nem saber que o não sabem?

"Constituição íntima das cousas"...
"Sentido íntimo do universo"...
Tudo isto é falso, tudo isto não quer dizer nada.
É incrível que se possa pensar em cousas dessas.
É como pensar em razões e fins
Quando o começo da manhã está raiando, e pelos lados das árvores
Um vago ouro lustroso vai perdendo a escuridão.

Pensar no sentido íntimo das cousas
É acrescentado, é como pensar na saúde
Ou levar um copo à água das fontes.

O único sentido íntimo das cousas
É elas não terem sentido íntimo nenhum.

Não acredito em Deus porque nunca o vi.
Se ele quisesse que eu acreditasse nele,
Sem dúvida que viria falar comigo
E entraria pela minha porta dentro
Dizendo-me, *Aqui estou!*

(Isto é talvez ridículo aos ouvidos
De quem, por não saber o que é olhar para as cousas,
Não compreende quem fala delas
Com o modo de falar que reparar para elas ensina.)

Mas se Deus é as flores e as árvores
E os montes e sol e o luar,
Então acredito nele,
Então acredito nele a toda a hora,
E a minha vida é toda uma oração e uma missa,
E uma comunhão com os olhos e pelos ouvidos.

Mas se Deus é as árvores e as flores
E os montes e o luar e o sol,
Para que lhe chamo eu Deus?
Chamo-lhe flores e árvores e montes e sol e luar;
Porque, se ele se fez, para eu o ver,
Sol e luar e flores e árvores e montes,
Se ele me aparece como sendo árvores e montes
E luar e sol e flores,
É que ele quer que eu o conheça
Como árvores e montes e flores e luar e sol.

E por isso eu obedeço-lhe,
(Que mais sei eu de Deus que Deus de si próprio?),
Obedeço-lhe a viver, espontaneamente,
Como quem abre os olhos e vê,
E chamo-lhe luar e sol e flores e árvores e montes,
E amo-o sem pensar nele,
E penso-o vendo e ouvindo,
E ando com ele a toda a hora.

VI

Pensar em Deus é desobedecer a Deus,
Porque Deus quis que o não conhecêssemos,
Por isso se nos não mostrou...

Sejamos simples e calmos,
Como os regatos e as árvores,
E Deus amar-nos-á fazendo de nós
Nós como as árvores são árvores
E como os regatos são regatos,
E dar-nos-á verdor na sua primavera,
E um rio aonde ir ter quando acabemos...
E não nos dará mais nada, porque dar-nos mais seria tirar-nos
mais.

VII

Da minha aldeia vejo quanto da terra se pode ver do universo...
Por isso a minha aldeia é tão grande como outra terra qualquer,
Porque eu sou do tamanho do que vejo
E não do tamanho da minha altura...

Nas cidades a vida é mais pequena
Que aqui na minha casa no cimo deste outeiro.
Na cidade as grandes casas fecham a vista à chave,
Escondem o horizonte, empurram o nosso olhar para longe de todo o céu,
Tornam-nos pequenos porque nos tiram o que os nossos olhos nos podem dar,
E tornam-nos pobres porque a nossa única riqueza é ver.

VIII

Num meio-dia de fim de primavera
Tive um sonho como uma fotografia.
Vi Jesus Cristo descer à terra.

Veio pela encosta de um monte
Tornado outra vez menino,
A correr e a rolar-se pela erva
E a arrancar flores para as deitar fora
E a rir de modo a ouvir-se de longe.

Tinha fugido do céu.
Era nosso demais para fingir
De segunda pessoa da trindade.
No céu era tudo falso, tudo em desacordo
Com flores e árvores e pedras.
No céu tinha que estar sempre sério
E de vez em quando de se tornar outra vez homem
E subir para a cruz, e estar sempre a morrer
Com uma coroa toda à roda de espinhos
E os pés espetados por um prego com cabeça,
E até com um trapo à roda da cintura
Como os pretos nas ilustrações.
Nem sequer o deixavam ter pai e mãe
Como as outras crianças.
O seu pai era duas pessoas –
Um velho chamado José, que era carpinteiro,
E que não era pai dele;
E o outro pai era uma pomba estúpida,
A única pomba feia do mundo
Porque não era do mundo nem era pomba.

E a sua mãe não tinha amado antes de o ter.
Não era mulher: era uma mala
Em que ele tinha vindo do céu.
E queriam que ele, que só nascera da mãe,
E nunca tivera pai para amar com respeito,
Pregasse a bondade e a justiça!

Um dia que Deus estava a dormir
E o Espírito Santo andava a voar,
Ele foi à caixa dos milagres e roubou três.
Com o primeiro fez que ninguém soubesse que ele tinha fugido.
Com o segundo criou-se eternamente humano e menino.
Com o terceiro criou um Cristo eternamente na cruz
E deixou-o pregado na cruz que há no céu
E serve de modelo às outras.
Depois fugiu para o sol
E desceu pelo primeiro raio que apanhou.

Hoje vive na minha aldeia comigo.
É uma criança bonita de riso e natural.
Limpa o nariz ao braço direito,
Chapinha nas poças de água,
Colhe as flores e gosta delas e esquece-as.
Atira pedras aos burros,
Rouba a fruta dos pomares
E foge a chorar e a gritar dos cães.
E, porque sabe que elas não gostam
E que toda a gente acha graça,
Corre atrás das raparigas
Que vão em ranchos pelas estradas
Com as bilhas às cabeças
E levanta-lhes as saias.

A mim ensinou-me tudo.
Ensinou-me a olhar para as coisas.
Aponta-me todas as coisas que há nas flores.
Mostra-me como as pedras são engraçadas
Quando a gente as tem na mão
E olha devagar para elas.

Diz-me muito mal de Deus.
Diz que ele é um velho estúpido e doente,
Sempre a escarrar no chão
E a dizer indecências.
A Virgem Maria leva as tardes da eternidade a fazer meia.
E o Espírito Santo coça-se com o bico
E empoleira-se nas cadeiras e suja-as.
Tudo no céu é estúpido como a Igreja Católica.
Diz-me que Deus não percebe nada
Das coisas que criou –
"Se é que ele as criou, do que duvido" –.
"Ele diz, por exemplo, que os seres cantam a sua glória,
Mas os seres não cantam nada.
Se cantassem seriam cantores.
Os seres existem e mais nada,
E por isso se chamam seres".

E depois, cansado de dizer mal de Deus,
O Menino Jesus adormece nos meus braços
E eu levo-o ao colo para casa.

༶

Ele mora comigo na minha casa a meio do outeiro.
Ele é a Eterna Criança, o deus que faltava.
Ele é o humano que é natural,
Ele é o divino que sorri e que brinca.
E por isso é que eu sei com toda a certeza
Que ele é o Menino Jesus verdadeiro.

E a criança tão humana que é divina
É esta minha quotidiana vida de poeta,
E é porque ele anda sempre comigo que eu sou poeta sempre,
E que o meu mínimo olhar
Me enche de sensação,
E o mais pequeno som, seja do que for,
Parece falar comigo.

A Criança Nova que habita onde vivo
Dá-me uma mão a mim
E a outra a tudo que existe
E assim vamos os três pelo caminho que houver,
Saltando e cantando e rindo
E gozando o nosso segredo comum
Que é o de saber por toda a parte
Que não há mistério no mundo
E que tudo vale a pena.

A Criança Eterna acompanha-me sempre.
A direção do meu olhar é o seu dedo apontando.
O meu ouvido atento alegremente a todos os sons
São as cócegas que ele me faz, brincando, nas orelhas.

Damo-nos tão bem um com o outro
Na companhia de tudo
Que nunca pensamos um no outro,
Mas vivemos juntos e dois
Com um acordo íntimo
Como a mão direita e a esquerda.

Ao anoitecer brincamos as cinco pedrinhas
No degrau da porta de casa,
Graves como convém a um deus e a um poeta,
E como se cada pedra
Fosse todo um universo
E fosse por isso um grande perigo para ela
Deixá-la cair no chão.
Depois eu conto-lhe histórias das coisas só dos homens
E ele sorri, porque tudo é incrível.
Ri dos reis e dos que não são reis,
E tem pena de ouvir falar das guerras,
E dos comércios, e dos navios
Que ficam fumo no ar dos altos mares.
Porque ele sabe que tudo isso falta àquela verdade
Que uma flor tem ao florescer
E que anda com a luz do sol
A variar os montes e os vales
E a fazer doer aos olhos os muros caiados.

Depois ele adormece e eu deito-o.
Levo-o ao colo para dentro de casa
E deito-o, despindo-o lentamente
E como seguindo um ritual muito limpo
E todo materno até ele estar nu.
Ele dorme dentro da minha alma
E às vezes acorda de noite
E brinca com os meus sonhos.
Vira uns de pernas para o ar,
Põe uns em cima dos outros
E bate as palmas sozinho
Sorrindo para o meu sono.

☙

Quando eu morrer, filhinho,
Seja eu a criança, o mais pequeno.
Pega-me tu ao colo
E leva-me para dentro da tua casa.
Despe o meu ser cansado e humano
E deita-me na tua cama.
E conta-me histórias, caso eu acorde,
Para eu tornar a adormecer.
E dá-me sonhos teus para eu brincar
Até que nasça qualquer dia
Que tu sabes qual é.

☙

Esta é a história do meu Menino Jesus.
Porque razão que se perceba
Não há-de ser ela mais verdadeira
Que tudo quanto os filósofos pensam
E tudo quanto as religiões ensinam?

IX

Sou um guardador de rebanhos.
O rebanho é os meus pensamentos
E os meus pensamentos são todos sensações.
Penso com os olhos e com os ouvidos
E com as mãos e os pés
E com o nariz e a boca.

Pensar uma flor é vê-la e cheirá-la
E comer um fruto é saber-lhe o sentido.

Por isso quando num dia de calor
Me sinto triste de gozá-lo tanto,
E me deito ao comprido na erva,
E fecho os olhos quentes,
Sinto todo o meu corpo deitado na realidade,
Sei a verdade e sou feliz.

X

"Olá, guardador de rebanhos,
Aí à beira da estrada,
Que te diz o vento que passa?"

"Que é vento, e que passa,
E que já passou antes,
E que passará depois.
E a ti o que te diz?"

"Muita cousa mais do que isso.
Fala-me de muitas outras cousas.
De memórias e de saudades
E de cousas que nunca foram."

"Nunca ouviste passar o vento.
O vento só fala do vento.
O que lhe ouviste foi mentira,
E a mentira está em ti."

XI

Aquela senhora tem um piano
Que é agradável mas não é o correr dos rios
Nem o murmúrio que as árvores fazem...

Para que é preciso ter um piano?
O melhor é ter ouvidos
E amar a Natureza.

XII

Os pastores de Virgílio tocavam avenas e outras cousas
E cantavam de amor literariamente
(Dizem – eu nunca li Virgílio.
Para que o havia eu de ler?).

Mas os pastores de Virgílio, coitados, são Virgílio,
E a Natureza é bela e antiga.

XIII

Leve, leve, muito leve,
Um vento muito leve passa,
E vai-se, sempre muito leve.
E eu não sei o que penso
Nem procuro sabê-lo.

XIV

Não me importo com as rimas. Raras vezes
Há duas árvores iguais, uma ao lado da outra.
Penso e escrevo como as flores têm cor
Mas com menos perfeição no meu modo de exprimir-me
Porque me falta a simplicidade divina
De ser todo só o meu exterior.

Olho e comovo-me,
Comovo-me como a água corre quando o chão é inclinado
E a minha poesia é natural como o levantar-se vento...

XV

As quatro canções que seguem
Separam-se de tudo o que penso,
Mentem a tudo o que eu sinto,
São do contrário do que eu sou...

Escrevi-as estando doente
E por isso elas são naturais
E concordam com aquilo que sinto,
Concordam com aquilo com que não concordam...
Estando doente devo pensar o contrário
Do que penso quando estou são
(Senão não estaria doente),
Devo sentir o contrário do que sinto
Quando sou eu na saúde,
Devo mentir à minha natureza
De criatura que sente de certa maneira...
Devo ser todo doente – ideias e tudo.
Quando estou doente, não estou doente para outra cousa.

Por isso essas canções que me renegam
Não são capazes de me renegar
E são a paisagem da minha alma de noite,
A mesma ao contrário...

XVI

Quem me dera que a minha vida fosse um carro de bois
Que vem a chiar, manhaninha cedo, pela estrada,
E que para de onde vem volta depois,
Quase à noitinha pela mesma estrada.

Eu não tinha que ter esperanças – tinha só que ter rodas...
A minha velhice não tinha rugas nem cabelos brancos...
Quando eu já não servia, tiravam-me as rodas
E eu ficava virado e partido no fundo de um barranco.

Ou então faziam de mim qualquer coisa diferente
E eu não sabia nada do que de mim faziam...
Mas eu não sou um carro, sou diferente,
Mas em que sou realmente diferente nunca me diriam.

XVII

No meu prato que mistura de Natureza!
As minhas irmãs as plantas,
As companheiras das fontes, as santas
A quem ninguém reza...

E cortam-nas e vêm à nossa mesa
E nos hotéis os hóspedes ruidosos,
Que chegam com correias tendo mantas,
Pedem "salada", descuidosos...

Sem pensar que exigem à Terra-Mãe
A sua frescura e os seus filhos primeiros,
As primeiras verdes palavras que ela tem,
As primeiras cousas vivas e irisantes
Que Noé viu
Quando as águas desceram e o cimo dos montes
Verde e alagado surgiu
E no ar por onde a pomba apareceu
O arco-íris se esbateu...

XVIII

Quem me dera que eu fosse o pó da estrada
E que os pés dos pobres me estivessem pisando...

Quem me dera que eu fosse os rios que correm
E as lavadeiras estivessem à minha beira...

Quem me dera que eu fosse os choupos à margem do rio
E tivesse só o céu por cima e a água por baixo...

Quem me dera que eu fosse o burro do moleiro
E que ele me batesse e me estimasse...

Antes isso que ser o que atravessa a vida
Olhando para trás de si e tendo pena...

XIX

O luar quando bate na relva
Não sei que cousas me lembra...
Lembra-me a voz da criada velha
Contando-me contos de fadas
E de como Nossa Senhora vestida de mendiga
Andava à noite nas estradas
Socorrendo as crianças maltratadas...

Se eu já não posso crer que isso é verdade,
Para que bate o luar na relva?

XX

O Tejo é mais belo que o rio que corre pela minha aldeia,
Mas o Tejo não é mais belo que o rio que corre pela minha
aldeia
Porque o Tejo não é o rio que corre pela minha aldeia.

O Tejo tem grandes navios
E navega nele ainda,
Para aqueles que veem em tudo o que lá não está,
A memória das naus.

O Tejo desce de Espanha
E o Tejo entra no mar em Portugal.
Toda a gente sabe isso.
Mas poucos sabem qual é o rio da minha aldeia
E para onde ele vai
E donde ele vem.
E por isso, porque pertence a menos gente,
É mais livre e maior o rio da minha aldeia.

Pelo Tejo vai-se para o mundo.
Para além do Tejo há a América
E a fortuna daqueles que a encontram.
Ninguém nunca pensou no que há para além
Do rio da minha aldeia.

O rio da minha aldeia não faz pensar em nada.
Quem está ao pé dele está só ao pé dele.

XXI

Se eu pudesse trincar a terra toda
E sentir-lhe um paladar,
E se a terra fosse uma cousa para trincar
Seria mais feliz um momento...
Mas eu nem sempre quero ser feliz.
É preciso ser de vez em quando infeliz
Para se poder ser natural...
Nem tudo é dias de sol,
E a chuva, quando falta muito, pede-se.
Por isso tomo a infelicidade com a felicidade
Naturalmente, como quem não estranha
Que haja montanhas e planícies
E que haja rochedos e erva...

O que é preciso é ser-se natural e calmo
Na felicidade ou na infelicidade,
Sentir como quem olha,
Pensar como quem anda,
E quando se vai morrer, lembrar-se de que o dia morre,
E que o poente é belo e é bela a noite que fica...
Assim é e assim seja...

XXII

Como quem num dia de Verão abre a porta de casa
E espreita para o calor dos campos com a cara toda,
Às vezes, de repente, bate-me a Natureza de chapa
Na cara dos meus sentidos,
E eu fico confuso, perturbado, querendo perceber
Não sei bem como nem o quê...

Mas quem me mandou a mim querer perceber?
Quem me disse que havia que perceber?

Quando o Verão nos passa pela cara
A mão leve e quente da sua brisa,
Só tenho que sentir agrado porque é brisa
Ou que sentir desagrado porque é quente,
E de qualquer maneira que eu o sinta,
Assim, porque assim o sinto, é que isso é senti-lo...

XXIII

O meu olhar azul como o céu
É calmo como a água ao sol.
É assim, azul e calmo,
Porque não interroga nem se espanta...

Se eu interrogasse e me espantasse
Não nasciam flores novas nos prados
Nem mudaria qualquer cousa no sol de modo a ele ficar mais
belo.
(Mesmo se nascessem flores novas no prado
E se o sol mudasse para mais belo,
Eu sentiria menos flores no prado
E achava mais feio o sol...
Porque tudo é como é e assim é que é,
E eu aceito, e nem agradeço,
Para não parecer que penso nisso...)

XXIV

O que nós vemos das cousas são as cousas.
Por que veríamos nós uma cousa se houvesse outra?
Por que é que ver e ouvir seriam iludirmo-nos
Se ver e ouvir são ver e ouvir?

O essencial é saber ver,
Saber ver sem estar a pensar,
Saber ver quando se vê,
E nem pensar quando se vê
Nem ver quando se pensa.

Mas isso (tristes de nós que trazemos a alma vestida!),
Isso exige um estudo profundo,
Uma aprendizagem de desaprender
E uma sequestração na liberdade daquele convento
De que os poetas dizem que as estrelas são as freiras eternas
E as flores as penitentes convictas de um só dia,
Mas onde afinal as estrelas não são senão estrelas
Nem as flores senão flores,
Sendo por isso que lhes chamamos estrelas e flores.

XXV

As bolas de sabão que esta criança
Se entretém a largar de uma palhinha
São translucidamente uma filosofia toda.

Claras, inúteis e passageiras como a Natureza,
Amigas dos olhos como as cousas,
São aquilo que são
Com uma precisão redondinha e aérea,
E ninguém, nem mesmo a criança que as deixa,
Pretende que elas são mais do que parecem ser.

Algumas mal se veem no ar lúcido.
São como a brisa que passa e mal toca nas flores
E que só sabemos que passa
Porque qualquer cousa se aligeira em nós
E aceita tudo mais nitidamente.

XXVI

Às vezes, em dias de luz perfeita e exata,
Em que as cousas têm toda a realidade que podem ter,
Pergunto a mim próprio devagar
Por que sequer atribuo eu
Beleza às cousas.

Uma flor acaso tem beleza?
Tem beleza acaso um fruto?
Não: têm cor e forma
E existência apenas.
A beleza é o nome de qualquer cousa que não existe
Que eu dou às cousas em troca do agrado que me dão.
Não significa nada.
Então porque digo eu das cousas: são belas?

Sim, mesmo a mim, que vivo só de viver,
Invisíveis, vêm ter comigo as mentiras dos homens
Perante as cousas,
Perante as cousas que simplesmente existem.

Que difícil ser próprio e não ver senão o visível!

XXVII

Só a Natureza é divina, e ela não é divina...

Se às vezes falo dela como de um ente
É que para falar dela preciso usar da linguagem dos homens
Que dá personalidade às cousas,
E impõe nome às cousas.

Mas as cousas não têm nome nem personalidade:
Existem, e o céu é grande e a terra larga,
E o nosso coração do tamanho de um punho fechado...

Bendito seja eu por tudo quanto não sei.
É isso tudo que verdadeiramente sou.
Gozo tudo isso como quem sabe que há o sol.

XXVIII

Li hoje quase duas páginas
Do livro dum poeta místico,
E ri como quem tem chorado muito.

Os poetas místicos são filósofos doentes,
E os filósofos são homens doidos.

Porque os poetas místicos dizem que as flores sentem
E dizem que as pedras têm alma
E que os rios têm êxtases ao luar.

Mas as flores, se sentissem, não eram flores,
Eram gente;
E se as pedras tivessem alma, eram cousas vivas, não eram
pedras;
E se os rios tivessem êxtases ao luar,
Os rios seriam homens doentes.

É preciso não saber o que são flores e pedras e rios
Para falar dos sentimentos deles.
Falar da alma das pedras, das flores, dos rios,
É falar de si próprio e dos seus falsos pensamentos.
Graças a Deus que as pedras são só pedras,
E que os rios não são senão rios,
E que as flores são apenas flores.
Por mim, escrevo a prosa dos meus versos
E fico contente,
Porque sei que compreendo a Natureza por fora;
E não a compreendo por dentro
Porque a Natureza não tem dentro;
Senão não era a Natureza.

XXIX

Nem sempre sou igual no que digo e escrevo.
Mudo, mas não mudo muito.
A cor das flores não é a mesma ao sol
Do que quando uma nuvem passa
Ou quando entra a noite
E as flores são cor da sombra.

Mas quem olha bem vê que são as mesmas flores.
Por isso quando pareço não concordar comigo,
Reparem bem para mim:
Se estava virado para a direita,
Voltei-me agora para a esquerda,
Mas sou sempre eu, assente sobre os mesmos pés –
O mesmo sempre, graças ao céu e à terra
E aos meus olhos e ouvidos atentos
E à minha clara simplicidade de alma...

XXX

Se quiserem que eu tenha um misticismo, está bem, tenho-o.
Sou místico, mas só com o corpo.
A minha alma é simples e não pensa.

O meu misticismo é não querer saber.
É viver e não pensar nisso.

Não sei o que é a Natureza: canto-a.
Vivo no cimo dum outeiro
Numa casa caiada e sozinha,
E essa é a minha definição.

XXXI

Se às vezes digo que as flores sorriem
E se eu disser que os rios cantam,
Não é porque eu julgue que há sorrisos nas flores
E cantos no correr dos rios...

É porque assim faço mais sentir aos homens falsos
A existência verdadeiramente real das flores e dos rios.

Porque escrevo para eles me lerem sacrifico-me às vezes
À sua estupidez de sentidos...
Não concordo comigo mas absolvo-me
Porque não me aceito a sério,
Porque só sou essa cousa odiosa, um intérprete da Natureza,
Porque há homens que não percebem a sua linguagem,
Por ela não ser linguagem nenhuma...

XXXII

Ontem à tarde um homem das cidades
Falava à porta da estalagem.
Falava comigo também.
Falava da justiça e da luta para haver justiça
E dos operários que sofrem,
E do trabalho constante, e dos que têm fome,
E dos ricos, que só têm costas para isso.

E, olhando para mim, viu-me lágrimas nos olhos
E sorriu com agrado, julgando que eu sentia
O ódio que ele sentia, e a compaixão
Que ele dizia que sentia.

(Mas eu mal o estava ouvindo.
Que me importam a mim os homens
E o que sofrem ou supõem que sofrem?
Sejam como eu – não sofrerão.
Todo o mal do mundo vem de nos importarmos uns com
                                                    os outros,
Quer para fazer bem, quer para fazer mal.
A nossa alma e o céu e a terra bastam-nos.
Querer mais é perder isto, e ser infeliz.)

Eu no que estava pensando
Quando o amigo de gente falava
(E isso me comoveu até às lágrimas),
Era em como o murmúrio longínquo dos chocalhos
A esse entardecer
Não parecia os sinos duma capela pequenina
A que fossem à missa as flores e os regatos
E as almas simples como a minha.

(Louvado seja Deus que não sou bom,
E tenho o egoísmo natural das flores
E dos rios que seguem o seu caminho
Preocupados sem o saber
Só com florir e ir correndo.
É essa a única missão no mundo,
Essa – existir claramente,
E saber fazê-lo sem pensar nisso.)

E o homem calara-se, olhando o poente.
Mas que tem com o poente quem odeia e ama?

XXXIII

Pobres das flores dos canteiros dos jardins regulares.
Parecem ter medo da polícia...
Mas tão boas que florescem do mesmo modo
E têm o mesmo sorriso antigo
Que tiveram à solta para o primeiro olhar do primeiro homem
Que as viu aparecidas e lhes tocou levemente
Para ver se elas falavam...

XXXIV

Acho tão natural que não se pense
Que me ponho a rir às vezes, sozinho,
Não sei bem de quê, mas é de qualquer cousa
Que tem que ver com haver gente que pensa...

Que pensará o meu muro da minha sombra?
Pergunto-me às vezes isto até dar por mim
A perguntar-me cousas...
E então desagrado-me, e incomodo-me
Como se desse por mim com um pé dormente...

Que pensará isto de aquilo?
Nada pensa nada.
Terá a terra consciência das pedras e plantas que tem?
Se ela a tiver, que tenha...
Que me importa isso a mim?
Se eu pensasse nessas cousas,
Deixava de ver as árvores e as plantas
E deixava de ver a Terra,
Para ver só os meus pensamentos...
Entristecia e ficava às escuras.
E assim, sem pensar, tenho a Terra e o Céu.

XXXV

O luar através dos altos ramos,
Dizem os poetas todos que ele é mais
Que o luar através dos altos ramos.

Mas para mim, que não sei o que penso,
O que o luar através dos altos ramos
É, além de ser
O luar através dos altos ramos,
É não ser mais
Que o luar através dos altos ramos.

XXXVI

E há poetas que são artistas
E trabalham nos seus versos
Como um carpinteiro nas tábuas!...

Que triste não saber florir!
Ter que pôr verso sobre verso, como quem constrói um muro
E ver se está bem, e tirar se não está!...

Quando a única casa artística é a Terra toda
Que varia e está sempre boa e é sempre a mesma.

Penso nisto, não como quem pensa, mas como quem não
                                                                    pensa,
E olho para as flores e sorrio...
Não sei se elas me compreendem
Nem se eu as compreendo a elas,
Mas sei que a verdade está nelas e em mim
E na nossa comum divindade
De nos deixarmos ir e viver pela Terra
E levar ao colo pelas Estações contentes
E deixar que o vento cante para adormecermos,
E não termos sonhos no nosso sono.

XXXVII

Como um grande borrão de fogo sujo
O sol-posto demora-se nas nuvens que ficam.
Vem um silvo vago de longe na tarde muito calma.
Deve ser dum comboio longínquo.

Neste momento vem-me uma vaga saudade
E um vago desejo plácido
Que aparece e desaparece.

Também às vezes, à flor dos ribeiros,
Formam-se bolhas na água
Que nascem e se desmancham
E não têm sentido nenhum
Salvo serem bolhas de água
Que nascem e se desmancham.

XXXVIII

Bendito seja o mesmo sol de outras terras
Que faz meus irmãos todos os homens,
Porque todos os homens, um momento no dia, o olham como eu,

E nesse puro momento
Todo limpo e sensível
Regressam lacrimosamente
E com um suspiro que mal sentem
Ao Homem verdadeiro e primitivo
Que via o sol nascer e ainda o não adorava.
Porque isso é natural – mais natural
Que adorar o sol e depois Deus
E depois tudo o mais que não há.

XXXIX

O mistério das cousas, onde está ele?
Onde está ele que não aparece
Pelo menos a mostrar-nos que é mistério?
Que sabe o rio disso e que sabe a árvore?
E eu, que não sou mais do que eles, que sei disso?
Sempre que olho para as cousas e penso no que os homens
                                                    pensam delas,
Rio como um regato que soa fresco numa pedra.

Porque o único sentido oculto das cousas
É elas não terem sentido oculto nenhum.
É mais estranho do que todas as estranhezas
E do que os sonhos de todos os poetas
E os pensamentos de todos os filósofos,
Que as cousas sejam realmente o que parecem ser
E não haja nada que compreender.

Sim, eis o que os meus sentidos aprenderam sozinhos: –
As cousas não têm significação: têm existência.
As cousas são o único sentido oculto das cousas.

XL

Passa uma borboleta por diante de mim
E pela primeira vez no universo eu reparo
Que as borboletas não têm cor nem movimento,
Assim como as flores não têm perfume nem cor.
A cor é que tem cor nas asas da borboleta,
No movimento da borboleta o movimento é que se move,
O perfume é que tem perfume no perfume da flor.
A borboleta é apenas borboleta
E a flor é apenas flor.

SUPLEMENTO DE ATIVIDADES
ALBERTO CAEIRO
POEMAS COMPLETOS
FERNANDO PESSOA

CLÁSSICOS SARAIVA

NOME: _____
Nº: _____ ANO: _____
ESCOLA: _____

Primeiro heterônimo criado por Fernando Pessoa, Alberto Caeiro é pessoa simples, bucólica, sem instrução, mas ao mesmo tempo cheia de sabedoria. Trata-se do mestre de Pessoa e dos demais heterônimos. Seus *Poemas completos* representam um marco na história do Modernismo português.

As atividades a seguir pretendem ampliar a compreensão dessa obra e do contexto histórico em que foi escrita. Algumas são questões retiradas de vestibulares, mas todas abordam os principais aspectos da obra do poeta Alberto Caeiro. Desenvolva-as após a leitura do livro, dos Diários de um Clássico, da Contextualização Histórica e da Entrevista Imaginária.

UMA OBRA CLÁSSICA

1. Os poemas de Alberto Caeiro, escritos entre 1914 e 1915, são um marco do Modernismo português. Quais as características desse gênero literário presentes no livro?

_____
_____
_____
_____

2. O que é "Sensacionismo"?

_____
_____
_____

O MESTRE CAEIRO

3. (Unifesp-2004) Considere as seguintes informações sobre o heterônimo Alberto Caeiro, do poeta Fernando Pessoa, extraídas de *Literatura Portuguesa – da Idade Média a Fernando Pessoa*, de José de Nicola: "Para [ele], as coisas são como são. (...) Por isso mesmo, seu mundo é o mundo do real-sensível (ou real-objetivo), é tudo aquilo que existe e que percebemos através dos sentidos. (...) ele 'pensa' com os sentidos".
Os versos que ilustram o heterônimo apresentado são:

(A) Sou um guardador de rebanhos. / O rebanho é os meus pensamentos / E os meus pensamentos são todos sensações. / Penso com os olhos e com os ouvidos / E com as mãos e os pés / E com o nariz e a boca.

(B) Amemo-nos tranquilamente, pensando que podíamos, / Se quiséssemos, trocar beijos e braços e carícias, / Mas que mais vale estarmos sentados ao pé um do outro / Ouvindo correr o rio e vendo-o.

O poema anterior, do heterônimo de Fernando Pessoa, Alberto Caeiro, integra o livro *O guardador de rebanhos*. Indique a alternativa que nega a adequada leitura do poema em questão.

A) O elemento fundamental do poema é a busca da objetividade, sintetizada no verso: "Quem está ao pé dele está só ao pé dele".

B) O poema propõe um contraste a partir do mesmo motivo e opõe um sentido geral a um sentido particular.

C) O texto sugere um conceito de beleza que implica proximidade e posse e, por isso, valoriza o que é humilde, ignorado e despretensioso.

D) O rio que provoca a real sensação de se estar à beira de um rio é o Tejo, que guarda a "memória das naus", marca do passado grandioso do país.

E) O poema se fundamenta numa argumentação dialética em que o conjunto das justificativas deixa claro a posição do poeta.

5.

O essencial é saber ver,
Saber ver sem estar a pensar,
Saber ver quando se vê,
E nem pensar quando se vê
Nem ver quando se pensa.

CAEIRO, Alberto. O guardador de rebanhos.

Os versos anteriores trazem uma importante proposição que Caeiro busca fazer com seus poemas. Qual é essa proposição?

_____
_____
_____
_____

> *desimportante" para os modernistas, reconhecia em 1932 "muito menos ligação contemporânea da expressão intelectual brasileira com a portuguesa, que com a francesa e a inglesa". E Tristão de Ataíde garantia em 1928: "Portugal deixou, de todo em todo, de exercer sobre nós qualquer espécie de influência literária".*
>
> SARAIVA, Arnaldo. "Introdução". In: Modernismo português e Modernismo brasileiro – subsídios para o seu estudo e para a história de suas relações. *Campinas: Editora da Unicamp, 2004.*

O texto reflete a opinião dos primeiros modernistas brasileiros sobre a influência da literatura portuguesa sobre a brasileira. Você acha que esse ponto de vista permanece depois da morte de Fernando Pessoa, em 1935?

13. O texto 4 da seção Contextualização Histórica, de Leyla Perrone-Moisés, caracteriza o poeta do século XX, cujo perfil se refere a Fernando Pessoa. Qual é a característica desse poeta moderno?

A NOVA DO CADÁVER – A SUA ENTREVISTA IMAGINÁRIA

Agora é com você, caro leitor.
Valendo-se das orientações desta edição e das suas respostas às atividades de leitura, elabore uma nova entrevista com o autor, mais ou menos como a Entrevista Imaginária do final do livro. O que você gostaria de saber sobre Fernando Pessoa e seus heterônimos? Além de ter sido, junto com Luís de Camões, a figura mais proe-

minente da literatura portuguesa, Fernando Pessoa era um homem muito interessante. Retirou-se da vida comum e se isolou a fim de se dedicar integralmente à poesia. Ocultista, explorava os aspectos misteriosos da existência por meio da astrologia, do estudo do cristianismo primitivo, da cabala judaica e da maçonaria. Sua relação com o mago inglês Aleister Crowley foi notória. Crowley foi a Portugal especialmente para encontrar Fernando Pessoa, porque este lhe havia escrito, alertando-o a respeito de um erro cometido na interpretação do mapa astral do mago. Impressionado com a precisão de Pessoa, Crowley quis conhecer o poeta.

O chamado "fenômeno heteronímico" que Fernando Pessoa experimentou é outra característica marcante desse poeta. Por meio dos heterônimos, Pessoa procurava recriar a si mesmo, explorando suas próprias facetas e também as dos outros. Através de Alberto Caeiro, Fernando Pessoa propôs uma forma exclusiva de ver e perceber o mundo ao nosso redor, o Sensacionismo. De acordo com Pessoa, o Sensacionismo rejeita a existência de toda realidade que não dependa da percepção, entendendo as coisas apenas através da sensação.

Você pode começar a entrevista perguntando sobre os heterônimos. Por que Fernando criava personagens para escrever seus próprios poemas? Quais as diferenças entre eles? Quem eram e quando foram criados? Como eles refletem diferentes facetas do próprio Fernando Pessoa?

A poesia era vista por Pessoa como um sacerdócio. Você pode explorar esse aspecto apaixonado da vida do poeta. Será que Fernando Pessoa via a ocupação de poeta como profissão? Qual seria, para ele, a relação entre sua genialidade e a vocação de poeta?

Você pode também enveredar para a histórica participação de Fernando Pessoa na fundação do Modernismo em Portugal. Que memórias o poeta tem desse momento? Houve um veículo usado para difundi-lo? Que veículo era esse? Como Pessoa participou dele?

A vida pessoal do escritor também é intrigante. Solitário e dado a beber, alguns críticos afirmam que era homossexual. No entanto, Pessoa teve um caso com uma colega de escritório, Ophelia Queiroz. O que o poeta teria a contar sobre seu romance? Por que o relacionamento não deu certo?

Com tantas possibilidades, deixe sua imaginação fluir e divirta-se. Bom trabalho!

(C) Não matou outros deuses / O triste deus cristão. / Cristo é um deus a mais, / Talvez um que faltava.

(D) Dizem que finjo ou minto. / Tudo que escrevo. Não. / Eu simplesmente sinto / Com a imaginação. / Não uso o coração.

(E) Já disse: sou lúcido. / Nada de estéticas com coração: sou lúcido. / Merda! Sou lúcido...

4. (PUC-SP)

O Tejo é mais belo que o rio que corre pela minha aldeia,
Mas o Tejo não é mais belo que o rio que corre pela minha aldeia
Porque o Tejo não é o rio que corre pela minha aldeia.

O Tejo tem grandes navios
E navega nele ainda,
Para aqueles que veem em tudo o que lá não está,
A memória das naus.
O Tejo desce de Espanha
E o Tejo entra no mar em Portugal.
Toda a gente sabe isso.

Mas poucos sabem qual é o rio da minha aldeia
E para onde ele vai
E donde ele vem.
E por isso, porque pertence a menos gente,
É mais livre e maior o rio da minha aldeia.

Pelo Tejo vai-se para o mundo.
Para além do Tejo há a América
E a fortuna daqueles que a encontram.
Ninguém nunca pensou no que há para além
Do rio da minha aldeia.

O rio da minha aldeia não faz pensar em nada.
Quem está ao pé dele está só ao pé dele.

CAEIRO, Alberto. O guardador de rebanhos.

6. Qual é a importância do heterônimo Alberto Caeiro para o ortônimo Fernando Pessoa?

___

7. "Há metafísica bastante em não pensar em nada." Muitos críticos apontam este verso como a essência do pensamento de Alberto Caeiro. O que ele propõe com essa afirmação?

___

8. Alberto Caeiro é um pagão. Destaque um trecho da obra do heterônimo onde isso pode ser constatado.

___

9. Leia o fragmento a seguir:

> *Creio no mundo como um malmequer,*
> *Porque o vejo. Mas não penso nele*
> *Porque pensar é não compreender...*

Apenas estando aqui,
Estou aqui.
E a neve cai.

Issa [1763-1827]. In: BLANC, Claudio.
"Haicai". Revista Vida & Religião n. 9, ago. 2006, Editora Online.
Tradução de Edson Kenji Iura.

Lua cheia!
Por mais que caminhe,
O céu é de outro lugar.

Chiyo-jo [1701-1775]. In: BLANC, Claudio.
"Haicai". Revista Vida & Religião n. 9, ago. 2006, Editora Online.
Tradução de Edson Kenji Iura.

No orvalho branco
Encontrarás o caminho
da Terra Pura!

Issa [1763-1827]. In: BLANC, Claudio.
"Haicai". Revista Vida & Religião n. 9, ago. 2006, Editora Online.
Tradução de Edson Kenji Iura.

CONTEXTUALIZAÇÃO HISTÓRICA

12. Leia o seguinte texto:

O insuspeito Ronald de Carvalho, por exemplo, escrevia em 1920: "A literatura portuguesa, apesar da comunidade da língua, desperta menos interesse no Brasil, sobretudo nas classes cultas, que a francesa, a italiana, a alemã ou a inglesa. Pondo de lado alguns escritores de maior renome, ignoramos tudo quanto se passa no mundo das letras em Portugal". Mário de Andrade, que em 1915 dava Portugal como um "paisinho

> Em vão me tento explicar, os muros são surdos.
> Sob a pele das palavras há cifras e códigos.
> O sol consola os doentes e não os renova.
> As coisas. Que triste são as coisas, consideradas em ênfase.
>
> >ANDRADE, Carlos Drummond de. "A rosa do povo" (trecho).
> >In: Poesia e prosa. Rio de Janeiro: Editora Nova Aguilar, 1992.
>
> O luar quando bate na relva
> Não sei que cousas me lembra...
> Lembra-me a voz da criada velha
> Contando-me contos de fadas
> E de como Nossa Senhora vestida de mendiga
> Andava à noite nas estradas
> Socorrendo as crianças maltratadas...
>
> Se eu já não posso crer que isso é verdade,
> Para que bate o luar na relva?
>
> >CAEIRO, Alberto. "O guardador de rebanhos". In: PESSOA,
> >Fernando. Alberto Caeiro – Poemas completos. São Paulo:
> >Saraiva, 2007 (Clássicos Saraiva).

Que características comuns você pode apontar nestes dois trechos?

_____
_____
_____
_____
_____

11. Leia o poema XIII de *O guardador de rebanhos* e compare-o com os haicais, poemas japoneses de 17 sílabas, a seguir:

> Leve, leve, muito leve,
> Um vento muito leve passa,
> E vai-se, sempre muito leve.
> E eu não sei o que penso
> Nem procuro sabê-lo.
>
> >CAEIRO, Alberto. O guardador de rebanhos.

> O mundo não se fez para pensarmos nele
> (Pensar é estar doente dos olhos)
> Mas para olharmos para ele e estarmos de acordo...
>
> Eu não tenho filosofia: tenho sentidos...
> Se falo na Natureza não é porque saiba o que ela é,
> Mas porque a amo, e amo-a por isso,
> Porque quem ama nunca sabe o que ama
> Nem sabe por que ama, nem o que é amar...
>
> Amar é eterna inocência,
> E a única inocência é não pensar...
>
> CAEIRO, Alberto. O guardador de rebanhos.

Alberto Caeiro apresenta uma visão de mundo bastante clara. Por que podemos dizer que a filosofia de Caeiro é antifilosófica?

_____
_____
_____
_____

INTERTEXTUALIDADE

10. Compare os seguintes trechos dos poemas modernistas abaixo:

> Preso à minha classe e a algumas roupas,
> vou de branco pela rua cinzenta.
> Melancolias, mercadorias, espreitam-me.
> Devo seguir até o enjoo?
> Posso, sem armas, revoltar-me?
> Olhos sujos no relógio da torre:
> Não, o tempo não chegou de completa justiça.
> O tempo é ainda de fezes, maus poemas, alucinações e espera.
> O tempo pobre, o poeta pobre
> fundem-se no mesmo impasse.

XLI

No entardecer dos dias de Verão, às vezes,
Ainda que não haja brisa nenhuma, parece
Que passa, um momento, uma leve brisa...
Mas as árvores permanecem imóveis
Em todas as folhas das suas folhas
E os nossos sentidos tiveram uma ilusão,
Tiveram a ilusão do que lhes agradaria...

Ah, os nossos sentidos, os doentes que veem e ouvem!
Fôssemos nós como devíamos ser
E não haveria em nós necessidade de ilusão...
Bastar-nos-ia sentir com clareza e vida
E nem repararmos para que há sentidos...

Mas graças a Deus que há imperfeição no mundo
Porque a imperfeição é uma cousa,
E haver gente que erra é original,
E haver gente doente torna o mundo engraçado.
Se não houvesse imperfeição, havia uma cousa a menos,
E deve haver muita cousa
Para termos muito que ver e ouvir
(Enquanto os olhos e ouvidos se não fecham)...

XLII

Passou a diligência pela estrada, e foi-se;
E a estrada não ficou mais bela, nem sequer mais feia.
Assim é a ação humana pelo mundo fora.
Nada tiramos e nada pomos; passamos e esquecemos;
E o sol é sempre pontual todos os dias.

XLIII

Antes o voo da ave, que passa e não deixa rasto,
Que a passagem do animal, que fica lembrada no chão.
A ave passa e esquece, e assim deve ser.
O animal, onde já não está e por isso de nada serve,
Mostra que já esteve, o que não serve para nada.

A recordação é uma traição à Natureza,
Porque a Natureza de ontem não é Natureza.
O que foi não é nada, e lembrar é não ver.

Passa, ave, passa, e ensina-me a passar!

XLIV

Acordo de noite subitamente,
E o meu relógio ocupa a noite toda.
Não sinto a Natureza lá fora.
O meu quarto é uma cousa escura com paredes vagamente
                                                                         brancas.
Lá fora há um sossego como se nada existisse.
Só o relógio prossegue o seu ruído.
E esta pequena cousa de engrenagens que está em cima da
                                                                         minha mesa
Abafa toda a existência da terra e do céu...
Quase que me perco a pensar o que isto significa,
Mas estaco, e sinto-me sorrir na noite com os cantos da boca,
Porque a única cousa que o meu relógio simboliza ou significa
Enchendo com a sua pequenez a noite enorme
É a curiosa sensação de encher a noite enorme,
E esta sensação é curiosa porque ele não enche a noite
Com a sua pequenez.

XLV

Um renque de árvores lá longe, lá para a encosta.
Mas o que é um renque de árvores? Há árvores apenas.
Renque e o plural árvores não são cousas, são nomes.

Tristes das almas humanas, que põem tudo em ordem,
Que traçam linhas de cousa a cousa,
Que põem letreiros com nomes nas árvores absolutamente reais,
E desenham paralelos de latitude e longitude
Sobre a própria terra inocente e mais verde e florida do que isso!

XLVI

Deste modo ou daquele modo,
Conforme calha ou não calha,
Podendo às vezes dizer o que penso,
E outras vezes dizendo-o mal e com misturas,
Vou escrevendo os meus versos sem querer,
Como se escrever não fosse uma cousa feita de gestos,
Como se escrever fosse uma cousa que me acontecesse
Como dar-me o sol de fora.

Procuro dizer o que sinto
Sem pensar em que o sinto.
Procuro encostar as palavras à ideia
E não precisar dum corredor
Do pensamento para as palavras

Nem sempre consigo sentir o que sei que devo sentir.
O meu pensamento só muito devagar atravessa o rio a nado
Porque lhe pesa o fato que os homens o fizeram usar.

Procuro despir-me do que aprendi,
Procuro esquecer-me do modo de lembrar que me ensinaram,
E raspar a tinta com que me pintaram os sentidos,
Desencaixotar as minhas emoções verdadeiras,
Desembrulhar-me e ser eu, não Alberto Caeiro,
Mas um animal humano que a Natureza produziu.

E assim escrevo, querendo sentir a Natureza, nem sequer como
                                                    um homem,
Mas como quem sente a Natureza, e mais nada.
E assim escrevo, ora bem, ora mal,

Ora acertando com o que quero dizer, ora errando,
Caindo aqui, levantando-me acolá,
Mas indo sempre no meu caminho como um cego teimoso.

Ainda assim, sou alguém.
Sou o Descobridor da Natureza.
Sou o Argonauta das sensações verdadeiras.
Trago ao Universo um novo Universo
Porque trago ao Universo ele-próprio.

Isto sinto e isto escrevo
Perfeitamente sabedor e sem que não veja
Que são cinco horas do amanhecer
E que o sol, que ainda não mostrou a cabeça
Por cima do muro do horizonte,
Ainda assim já se lhe veem as pontas dos dedos
Agarrando o cimo do muro
Do horizonte cheio de montes baixos.

XLVII

Num dia excessivamente nítido,
Dia em que dava a vontade de ter trabalhado muito
Para nele não trabalhar nada,
Entrevi, como uma estrada por entre as árvores,
O que talvez seja o Grande Segredo,
Aquele Grande Mistério de que os poetas falsos falam.

Vi que não há Natureza,
Que Natureza não existe,
Que há montes, vales, planícies,
Que há árvores, flores, ervas,
Que há rios e pedras,
Mas que não há um todo a que isso pertença,
Que um conjunto real e verdadeiro
É uma doença das nossas ideias.

A Natureza é partes sem um todo.
Isto é talvez o tal mistério de que falam.

Foi isto o que sem pensar nem parar,
Acertei que devia ser a verdade
Que todos andam a achar e que não acham,
E que só eu, porque a não fui achar, achei.

XLVIII

Da mais alta janela da minha casa
Com um lenço branco digo adeus
Aos meus versos que partem para a humanidade.

E não estou alegre nem triste.
Esse é o destino dos versos.
Escrevi-os e devo mostrá-los a todos
Porque não posso fazer o contrário
Como a flor não pode esconder a cor,
Nem o rio esconder que corre,
Nem a árvore esconder que dá fruto.

Ei-los que vão já longe como que na diligência
E eu sem querer sinto pena
Como uma dor no corpo.

Quem sabe quem os lerá?
Quem sabe a que mãos irão?

Flor, colheu-me o meu destino para os olhos.
Árvore, arrancaram-me os frutos para as bocas.
Rio, o destino da minha água era não ficar em mim.
Submeto-me e sinto-me quase alegre,
Quase alegre como quem se cansa de estar triste.
Ide, ide de mim!
Passa a árvore e fica dispersa pela Natureza.
Murcha a flor e o seu pó dura sempre.
Corre o rio e entra no mar e a sua água é sempre a que foi sua.

Passo e fico, como o Universo.

XLIX

Meto-me para dentro, e fecho a janela.
Trazem o candeeiro e dão as boas-noites,
E a minha voz contente dá as boas-noites.
Oxalá a minha vida seja sempre isto:
O dia cheio de sol, ou suave de chuva,
Ou tempestuoso como se acabasse o mundo,
A tarde suave e os ranchos que passam
Fitados com interesse da janela,
O último olhar amigo dado ao sossego das árvores,
E depois, fechada a janela, o candeeiro aceso,
Sem ler nada, nem pensar em nada, nem dormir,
Sentir a vida correr por mim como um rio por seu leito,
E lá fora um grande silêncio como um deus que dorme.

O PASTOR AMOROSO

I

Quando eu não te tinha
Amava a Natureza como um monge calmo a Cristo...
Agora amo a Natureza
Como um monge calmo à Virgem Maria,
Religiosamente, a meu modo, como dantes,
Mas de outra maneira mais comovida e próxima.
Vejo melhor os rios quando vou contigo
Pelos campos até à beira dos rios;
Sentado a teu lado reparando nas nuvens
Reparo nelas melhor...
Tu não me tiraste a Natureza...
Tu não me mudaste a Natureza...
Trouxeste-me a Natureza para ao pé de mim.
Por tu existires vejo-a melhor, mas a mesma,
Por tu me amares, amo-a do mesmo modo, mas mais,
Por tu me escolheres para te ter e te amar,
Os meus olhos fitaram-na mais demoradamente
Sobre todas as cousas.

Não me arrependo do que fui outrora
Porque ainda o sou.
Só me arrependo de outrora te não ter amado.

II

Está alta no céu a lua e é primavera.
Penso em ti e dentro de mim estou completo.

Corre pelos vagos campos até mim uma brisa ligeira.
Penso em ti, murmuro o teu nome; não sou eu: sou feliz.

Amanhã virás, andarás comigo a colher flores pelos campos,
E eu andarei contigo pelos campos a ver-te colher flores.

Eu já te vejo amanhã a colher flores comigo pelos campos,
Mas quando vieres amanhã e andares comigo realmente a
                                        colher flores,
Isso será uma alegria e uma novidade para mim.

III

Agora que sinto amor
Tenho interesse nos perfumes.
Nunca antes me interessou que uma flor tivesse cheiro.
Agora sinto o perfume das flores como se visse uma coisa nova.
Sei bem que elas cheiravam, como sei que existia.
São coisas que se sabem por fora.
Mas agora sei com a respiração da parte de trás da cabeça.
Hoje as flores sabem-me bem num paladar que se cheira.
Hoje às vezes acordo e cheiro antes de ver.

IV

Todos os dias agora acordo com alegria e pena.
Antigamente acordava sem sensação nenhuma; acordava.
Tenho alegria e pena porque perco o que sonho
E posso estar na realidade onde está o que sonho.
Não sei o que hei-de fazer das minhas sensações,
Não sei o que hei-de ser comigo.
Quero que ela me diga qualquer coisa para eu acordar de novo.

Quem ama é diferente de quem é.
É a mesma pessoa sem ninguém.

V

O amor é uma companhia.
Já não sei andar só pelos caminhos,
Porque já não posso andar só.
Um pensamento visível faz-me andar mais depressa
E ver menos, e ao mesmo tempo gostar bem de ir vendo tudo.
Mesmo a ausência dela é uma coisa que está comigo.
E eu gosto tanto dela que não sei como a desejar.
Se a não vejo, imagino-a e sou forte como as árvores altas.
Mas se a vejo tremo, não sei o que é feito do que sinto na
                                                           ausência dela.
Todo eu sou qualquer força que me abandona.
Toda a realidade olha para mim como um girassol com a cara
                                                           dela no meio.

VI

Passei toda a noite, sem saber dormir, vendo, sem espaço, a
                                                  figura dela,
E vendo-a sempre de maneiras diferentes do que a encontro a ela.
Faço pensamentos com a recordação do que ela é quando me
                                                  fala,
E em cada pensamento ela varia de acordo com a sua
                                                  semelhança.
Amar é pensar.
E eu quase que me esqueço de sentir só de pensar nela.
Não sei bem o que quero, mesmo dela, e eu não penso senão
                                                  nela.
Tenho uma grande distração animada.
Quando desejo encontrá-la
Quase que prefiro não a encontrar,
Para não ter que a deixar depois.
E prefiro pensar dela, porque dela como é tenho qualquer medo.
Não sei bem o que quero, nem quero saber o que quero.
Quero só pensar ela.
Não peço nada a ninguém, nem a ela, senão pensar.

VII

Talvez quem vê bem não sirva para sentir
E não agrade por estar muito antes das maneiras.
É preciso ter modos para todas as cousas,
E cada cousa tem o seu modo, e o amor também.
Quem tem o modo de ver os campos pelas ervas
Não deve ter a cegueira que faz fazer sentir.
Amei, e não fui amado, o que só vi no fim,
Porque não se é amado como se nasce mas como acontece.
Ela continua tão bonita de cabelo e boca como dantes,
E eu continuo como era dantes, sozinho no campo.
Como se tivesse estado de cabeça baixa,
Penso isto, e fico de cabeça alta
E o dourado sol seca as lágrimas pequenas que não posso
                                        deixar de ter.
Como o campo é grande e o amor pequeno!
Olho, e esqueço, como o mundo enterra e as árvores se despem.

Eu não sei falar porque estou a sentir.
Estou a escutar a minha voz como se fosse de outra pessoa,
E a minha voz fala dela como se ela é que falasse.
Tem o cabelo de um louro amarelo de trigo ao sol claro,
E a boca quando fala diz cousas que não há nas palavras.
Sorri, e os dentes são limpos como pedras do rio.

VIII

O pastor amoroso perdeu o cajado,
E as ovelhas tresmalharam-se pela encosta,
E, de tanto pensar, nem tocou a flauta que trouxe para tocar.
Ninguém lhe apareceu ou desapareceu... Nunca mais
                                          encontrou o cajado.
Outros, praguejando contra ele, recolheram-lhe as ovelhas.
Ninguém o tinha amado, afinal.
Quando se ergueu da encosta e da verdade falsa, viu tudo:
Os grandes vales cheios dos mesmos vários verdes de sempre,
As grandes montanhas longe, mais reais que qualquer
                                          sentimento,
A realidade toda, com o céu e o ar e os campos que existem,
E sentiu que de novo o ar lhe abria, mas com dor, uma
                                          liberdade no peito.

POEMAS INCONJUNTOS

PARA ALÉM DA CURVA DA ESTRADA

Para além da curva da estrada
Talvez haja um poço, e talvez um castelo,
E talvez apenas a continuação da estrada.
Não sei nem pergunto.
Enquanto vou na estrada antes da curva
Só olho para a estrada antes da curva,
Porque não posso ver senão a estrada antes da curva.
De nada me serviria estar olhando para outro lado
E para aquilo que não vejo.
Importemo-nos apenas com o lugar onde estamos.
Há beleza bastante em estar aqui e não noutra parte qualquer.
Se há alguém para além da curva da estrada,
Esses que se preocupem com o que há para além da curva da
 estrada.
Essa é que é a estrada para eles.
Se nós tivermos que chegar lá, quando lá chegarmos saberemos.
Por ora só sabemos que lá não estamos.
Aqui há só a estrada antes da curva, e antes da curva
Há a estrada sem curva nenhuma.

PASSAR A LIMPO A MATÉRIA

Passar a limpo a Matéria
Repor no seu lugar as cousas que os homens desarrumaram
Por não perceberem para que serviam
Endireitar, como uma boa dona de casa da Realidade,
As cortinas nas janelas da Sensação
E os capachos às portas da Percepção
Varrer os quartos da observação
E limpar o pó das ideias simples...
Eis a minha vida, verso a verso.

O QUE VALE A MINHA VIDA?

O que vale a minha vida? No fim (não sei que fim)
Um diz: ganhei trezentos contos,
Outro diz: tive três mil dias de glória,
Outro diz: estive bem com a minha consciência e isso é
bastante...
E eu, se lá aparecerem e me perguntarem o que fiz,
Direi: olhei para as cousas e mais nada.
E por isso trago aqui o Universo dentro da algibeira.
E se Deus me perguntar: e o que viste tu nas cousas?
Respondo: apenas as cousas... Tu não puseste lá mais nada.
E Deus, que é da mesma opinião, fará de mim uma nova
espécie de santo.

A ESPANTOSA REALIDADE DAS COISAS

A espantosa realidade das coisas
É a minha descoberta de todos os dias.
Cada coisa é o que é,
E é difícil explicar a alguém quanto isso me alegra,
E quanto isso me basta.

Basta existir para se ser completo.

Tenho escrito bastantes poemas.
Hei-de escrever muitos mais, naturalmente.
Cada poema meu diz isto,
E todos os meus poemas são diferentes,
Porque cada coisa que há é uma maneira de dizer isto.

Às vezes ponho-me a olhar para uma pedra.
Não me ponho a pensar se ela sente.
Não me perco a chamar-lhe minha irmã.
Mas gosto dela por ela ser uma pedra,
Gosto dela porque ela não sente nada.
Gosto dela porque ela não tem parentesco nenhum comigo.

Outras vezes ouço passar o vento,
E acho que só para ouvir passar o vento vale a pena ter nascido.
Eu não sei o que é que os outros pensarão lendo isto;
Mas acho que isto deve estar bem porque o penso sem esforço,
Nem ideia de outras pessoas a ouvir-me pensar;
Porque o penso sem pensamentos,
Porque o digo como as minhas palavras o dizem.

Uma vez chamaram-me poeta materialista,
E eu admirei-me, porque não julgava
Que se me pudesse chamar qualquer coisa.
Eu nem sequer sou poeta: vejo.
Se o que escrevo tem valor, não sou eu que o tenho:
O valor está ali, nos meus versos.
Tudo isso é absolutamente independente da minha vontade.

QUANDO TORNAR A VIR A PRIMAVERA

Quando tornar a vir a primavera
Talvez já não me encontre no mundo.
Gostava agora de poder julgar que a primavera é gente
Para poder supor que ela choraria,
Vendo que perdera o seu único amigo.
Mas a primavera nem sequer é uma coisa:
É uma maneira de dizer.
Nem mesmo as flores tornam, ou as folhas verdes.
Há novas flores, novas folhas verdes.
Há outros dias suaves.
Nada torna, nada se repete, porque tudo é real.

SE EU MORRER NOVO

Se eu morrer novo,
Sem poder publicar livro nenhum,
Sem ver a cara que têm os meus versos em letra impressa,
Peço que, se se quiserem ralar por minha causa,
Que não se ralem.
Se assim aconteceu, assim está certo.

Mesmo que os meus versos nunca sejam impressos,
Eles lá terão a sua beleza, se forem belos.
Mas eles não podem ser belos e ficar por imprimir,
Porque as raízes podem estar debaixo da terra
Mas as flores florescem ao ar livre e à vista.
Tem que ser assim por força. Nada o pode impedir.

Se eu morrer muito novo, ouçam isto:
Nunca fui senão uma criança que brincava.
Fui gentio como o sol e a água,
De uma religião universal que só os homens não têm.
Fui feliz porque não pedi coisa nenhuma,
Nem procurei achar nada,
Nem achei que houvesse mais explicação
Que a palavra explicação não ter sentido nenhum.

Não desejei senão estar ao sol ou à chuva –
Ao sol quando havia sol
E à chuva quando estava chovendo
(E nunca a outra coisa),
Sentir calor e frio e vento,
E não ir mais longe.

Uma vez amei, julguei que me amariam,
Mas não fui amado.
Não fui amado pela única grande razão –
Porque não tinha que ser.

Consolei-me voltando ao sol e à chuva,
E sentando-me outra vez à porta de casa.
Os campos, afinal, não são tão verdes para os que são amados
Como para os que o não são.
Sentir é estar distraído.

QUANDO VIER A PRIMAVERA

Quando vier a primavera,
Se eu já estiver morto,
As flores florirão da mesma maneira
E as árvores não serão menos verdes que na primavera passada.
A realidade não precisa de mim.

Sinto uma alegria enorme
Ao pensar que a minha morte não tem importância nenhuma.

Se soubesse que amanhã morria
E a primavera era depois de amanhã,
Morreria contente, porque ela era depois de amanhã.
Se esse é o seu tempo, quando havia ela de vir senão no seu
                                                                      tempo?
Gosto que tudo seja real e que tudo esteja certo;
E gosto porque assim seria, mesmo que eu não gostasse.
Por isso, se morrer agora, morro contente,
Porque tudo é real e tudo está certo.

Podem rezar latim sobre o meu caixão, se quiserem.
Se quiserem, podem dançar e cantar à roda dele.
Não tenho preferências para quando já não puder ter
                                                                     preferências.
O que for, quando for, é que será o que é.

SE, DEPOIS DE EU MORRER, QUISEREM ESCREVER A MINHA BIOGRAFIA

Se, depois de eu morrer, quiserem escrever a minha biografia,
Não há nada mais simples.
Tem só duas datas – a da minha nascença e a da minha morte.
Entre uma e outra cousa todos os dias são meus.

Sou fácil de definir.
Vi como um danado.
Amei as cousas sem sentimentalidade nenhuma.
Nunca tive um desejo que não pudesse realizar, porque nunca
                                                         ceguei.
Mesmo ouvir nunca foi para mim senão um acompanhamento
                                                         de ver.
Compreendi que as coisas são reais e todas diferentes umas das
                                                         outras;
Compreendi isto com os olhos, nunca com o pensamento.
Compreender isto corri o pensamento seria achá-las todas
                                                              iguais.

Um dia deu-me o sono como a qualquer criança.
Fechei os olhos e dormi.
Além disso, fui o único poeta da Natureza.

NUNCA SEI COMO É QUE SE PODE ACHAR UM POENTE TRISTE

Nunca sei como é que se pode achar um poente triste.
Só se é por um poente não ser uma madrugada.
Mas se ele é um poente, como é que ele havia de ser uma
madrugada?

UM DIA DE CHUVA

Um dia de chuva é tão belo como um dia de sol.
Ambos existem; cada um como é.

QUANDO A ERVA CRESCER

Quando a erva crescer em cima da minha sepultura,
Seja este o sinal para me esquecerem de todo.
A Natureza nunca se recorda, e por isso é bela.
E se tiverem a necessidade doentia de "interpretar" a erva
                         verde sobre a minha sepultura,
Digam que eu continuo a verdecer e a ser natural.

É NOITE. A NOITE É MUITO ESCURA

É noite. A noite é muito escura. Numa casa a uma grande
 distância
Brilha a luz duma janela.
Vejo-a, e sinto-me humano dos pés à cabeça.
É curioso que toda a vida do indivíduo que ali mora, e que não
 sei quem é,
Atrai-me só por essa luz vista de longe.
Sem dúvida que a vida dele é real e ele tem cara, gestos,
 família e profissão.
Mas agora só me importa a luz da janela dele.
Apesar de a luz estar ali por ele a ter acendido,
A luz é a realidade imediata para mim.
Eu nunca passo para além da realidade imediata.
Para além da realidade imediata não há nada.
Se eu, de onde estou, só vejo aquela luz,
Em relação à distância onde estou há só aquela luz.
O homem e a família dele são reais do lado de lá da janela.
Eu estou do lado de cá, a uma grande distância.
A luz apagou-se.
Que me importa que o homem continue a existir?
É só ele que continua a existir.

FALAS DE CIVILIZAÇÃO

Falas de civilização, e de não dever ser,
Ou de não dever ser assim.
Dizes que todos sofrem, ou a maioria de todos,
Com as cousas humanas postas desta maneira.
Dizes que se fossem diferentes, sofreriam menos.
Dizes que se fossem como tu queres, seria melhor.
Escuto sem te ouvir.
Para que te quereria eu ouvir?
Ouvindo-te nada ficaria sabendo.
Se as cousas fossem diferentes, seriam diferentes: eis tudo.
Se as cousas fossem como tu queres, seriam só como tu queres.
Ai de ti e de todos que levam a vida
A querer inventar a máquina de fazer felicidade!

TODAS AS TEORIAS, TODOS OS POEMAS

Todas as teorias, todos os poemas
Duram mais que esta flor.
Mas isso é como o nevoeiro, que é desagradável e úmido,
E maior que esta flor...
O tamanho, a duração não têm importância nenhuma...
São apenas tamanho e duração...
O que importa é aquilo que dura e tem dimensão
(Se verdadeira dimensão é a realidade)...
Ser real é cousa mais nobre do mundo.

MEDO DA MORTE?

Medo da morte?
Acordarei de outra maneira,
Talvez corpo, talvez continuidade, talvez renovado,
Mas acordarei.
Se até os átomos não dormem, por que hei-de ser eu só a
dormir?

ENTÃO OS MEUS VERSOS TÊM SENTIDO

Então os meus versos têm sentido e o universo não há-de ter
sentido?
Em que geometria é que a parte excede o todo?
Em que biologia é que o volume dos órgãos
Tem mais vida que o corpo?

LERAM-ME HOJE S. FRANCISCO DE ASSIS

Leram-me hoje S. Francisco de Assis.
Leram-me e pasmei.
Como é que um homem que gostava tanto das cousas
Nunca olhava para elas, não sabia o que elas eram?

Para que hei-de chamar minha irmã à água, se ela não é minha
                                                      irmã?
Para a sentir melhor?
Sinto-a melhor bebendo-a do que chamando-lhe qualquer
                                        cousa —
Irmã, ou mãe, ou filha.
A água é a água e é bela por isso.
Se eu lhe chamar minha irmã,
Ao chamar-lhe minha irmã, vejo que o não é
E que se ela é água o melhor é chamar-lhe água;
Ou, melhor ainda, não lhe chamar cousa nenhuma,
Mas bebê-la, senti-la nos pulsos, olhar para ela
E tudo isto sem nome nenhum.

SEMPRE QUE PENSO UMA COUSA, TRAIO-A

Sempre que penso uma cousa, traio-a.
Só tendo-a diante de mim devo pensar nela,
Não pensando, mas vendo,
Não com o pensamento, mas com os olhos.
Uma cousa que é visível existe para se ver,
E o que existe para os olhos não tem que existir para o
                                                                                pensamento;
Só existo diretamente para o pensamento e não para os olhos.

Olho, e as cousas existem.
Penso e existo só eu.

EU QUERIA TER O TEMPO

Eu queria ter o tempo e o sossego suficientes
Para não pensar em cousa nenhuma,
Para nem me sentir viver,
Para só saber de mim nos olhos dos outros, refletido.

A MANHÃ RAIA

A manhã raia. Não: a manhã não raia.
A manhã é uma cousa abstrata, está, não é uma cousa.
Começamos a ver o sol, a esta hora, aqui.
Se o sol matutino dando nas árvores é belo,
É tão belo se chamarmos à manhã "começarmos a ver o sol"
Como o é se lhe chamarmos a manhã;
Por isso não há vantagem em pôr nomes errados às cousas,
Nem mesmo em lhes pôr nomes alguns.

A CRIANÇA QUE PENSA EM FADAS

A criança que pensa em fadas e acredita nas fadas
Age como um deus doente, mas como um deus.
Porque embora afirme que existe o que não existe,
Sabe como é que as cousas existem, que é que existem,
Sabe que existir existe e não se explica,
Sabe que não há razão nenhuma para nada existir,
Sabe que ser é estar em um ponto.
Só não sabe que o pensamento não é um ponto qualquer.

DE LONGE VEJO PASSAR NO RIO UM NAVIO

De longe vejo passar no rio um navio...
Vai Tejo abaixo indiferentemente.
Mas não é indiferentemente por não se importar comigo
E eu não exprimir desolação com isto...
É indiferentemente por não ter sentido nenhum
Exterior ao fato isoladamente navio
De ir rio abaixo sem licença da metafísica...
Rio abaixo até à realidade do mar.

CREIO QUE IREI MORRER

Creio que irei morrer.
Mas o sentido de morrer não me ocorre,
Lembro-me que morrer não deve ter sentido.
Isto de viver e morrer são classificações como as das plantas.
Que folhas ou que flores tem uma classificação?
Que vida tem a vida ou que morte tem a morte?
Tudo são termos onde se define.
A única diferença é um contorno, uma paragem, uma cor que
            destinge, uma ★

★ Espaço em branco deixado pelo autor em seu original.

NO DIA BRANCAMENTE NUBLADO

No dia brancamente nublado entristeço quase a medo
E ponho-me a meditar nos problemas que finjo...

Se o homem fosse, com deveria ser,
Não um animal doente, mas o mais perfeito dos animais,
Animal direto e não indireto,
Devia ser outra a sua forma de encontrar um sentido às cousas,
Outra e verdadeira.
Devia haver adquirido um *sentido* do "conjunto";
Um sentido, como ver e ouvir, do "total" das cousas
E não, como temos, um *pensamento* do "conjunto",
E não, como temos, uma *ideia* do "total" das cousas.
E assim – veríamos – não teríamos noção de *conjunto* ou de *total*,
Porque o *sentido* de "total" ou de "conjunto" não seria de um
                                          "total" ou de um "conjunto"
Mas da verdadeira Natureza talvez nem todo nem partes.

O único mistério do Universo é o mais e não o menos.
Percebemos demais as cousas – eis o erro e a dúvida.
O que existe transcende para baixo o que julgamos que existe.
A Realidade é apenas real e não pensada.

O Universo não é uma ideia minha.
A minha ideia de Universo é que é uma ideia minha.
A noite não anoitece pelos meus olhos.
A minha ideia da noite é que anoitece por meus olhos.
Fora de eu pensar e de haver quaisquer pensamentos
A noite anoitece concretamente
E o fulgor das estrelas existe como se tivesse peso.
Assim como falham as palavras quando queremos exprimir
                                          qualquer pensamento,

Assim faltam os pensamentos quando queremos pensar
                    qualquer realidade.
Mas, como a essência do pensamento não é de ser dito mas ser
                    pensado,
Assim é a essência da realidade o existir, não o ser pensada.
Assim tudo o que existe, simplesmente existe.
O resto é uma espécie de sono que temos,
Um velhice que nos acompanha desde a infância da doença.
O espelho reflete certo; não erra por que não pensa.
Pensar é essencialmente errar.
Errar é essencialmente estar cego e surdo.

Estas verdades não são perfeitas porque são ditas,
E antes de ditas, pensadas:
Mas no fundo o que está certo é elas negarem-se a si próprias
Na negação oposta de afirmarem qualquer cousa.
A única afirmação é ser.
E só o afirmativo é o que não precisa de mim.

A NOITE DESCE

A noite desce, o calor soçobra um pouco.
Estou lúcido como se nunca tivesse pensado
E tivesse raiz, ligação direta com a terra,
Não esta espúria ligação do sentido secundário chamado a vista,
A vista por onde me separo das cousas,
E me aproximo das estrelas e das cousas distantes –
Erro: por que o distante não é o próximo,
E aproximá-lo é enganar-se.

ESTOU DOENTE

Estou doente. Meus pensamentos começam a estar confusos.
Mas o meu corpo, tocando nas cousas, entra nelas.
Sinto-me parte das cousas com o tato
E uma grande libertação começa a fazer-se em mim,
Uma grande alegria solene como a de um ato heroico
Passado a sós no gesto sóbrio e escondido.

ACEITA O UNIVERSO

Aceita o universo
Como to deram os deuses.
Se os deuses te quisessem dar outro
Ter-to-iam dado.

Se há outras matérias e outros mundos –
Haja.

QUANDO ESTÁ FRIO NO TEMPO DO FRIO

Quando está frio no tempo do frio, para mim é como se
                                               estivesse agradável,
Porque para o meu ser adequado à existência das cousas
O natural é o agradável só por ser natural.

Aceito as dificuldades da vida porque são o destino,
Como aceito o frio excessivo no alto do inverno –
Calmamente, sem me queixar, como quem meramente aceita,
E encontra uma alegria no fato de aceitar –
No fato sublimemente científico e difícil de aceitar o natural
                                               inevitável.

Que são para mim as doenças que tenho e o mal que me
                                               acontece
Senão o inverno da minha pessoa e da minha vida?
O inverno irregular, cujas leis de aparecimento desconheço,
Mas que existe para mim em virtude da mesma fatalidade
                                               sublime,
Da mesma inevitável exterioridade a mim,
Que o calor da terra no alto do verão
E o frio da terra no cimo do inverno.

Aceito por personalidade.
Nasci sujeito como os outros a erros e a defeitos,
Mas nunca ao erro de querer compreender demais,
Nunca ao erro de querer compreender só com a inteligência,
Nunca ao defeito de exigir do mundo
Que fosse qualquer cousa que não fosse o mundo.

SEJA O QUE FOR QUE ESTEJA NO CENTRO DO MUNDO

Seja o que for que esteja no centro do mundo,
Deu-me o mundo exterior por exemplo de Realidade,
E quando digo "isto é real", mesmo de um sentimento,
Vejo-o sem querer em um espaço qualquer exterior,
Vejo-o com uma visão qualquer fora e alheio a mim.

Ser real quer dizer estar dentro de mim.
Da minha pessoa de dentro não tenho noção de realidade.
Sei que o mundo existe, mas não sei se existo.
Estou mais certo da existência da minha casa branca
Do que da existência interior do dono da casa branca.
Creio mais no meu corpo do que na minha alma,
Porque o meu corpo apresenta-se no meio da realidade,
Podendo ser visto por outros,
Podendo tocar em outros,
Podendo sentar-se e estar de pé,
Mas a minha alma só pode ser definida por termos de fora.
Existe para mim – nos momentos em que julgo que
                              efetivamente existe –
Por um empréstimo da realidade exterior do Mundo.

Se a alma é mais real
Que o mundo exterior, como tu, filósofo, dizes,
Para que é que o mundo exterior me foi dado como tipo da
                                            realidade?
Se é mais certo eu sentir
Do que existir a cousa que sinto –
Para que sinto
E para que surge essa cousa independentemente de mim
Sem precisar de mim para existir,

E eu sempre ligado a mim próprio, sempre pessoal e
                              intransmissível?
Para que me movo com os outros
Em um mundo em que nos entendemos e onde coincidimos
Se por acaso esse mundo é o erro e eu é que estou certo?
Se o mundo é um erro, é um erro de toda a gente.
E cada um de nós é o erro de cada um de nós apenas.
Cousa por cousa, o mundo é mais certo.

Mas por que me interrogo, se não porque estou doente?

Nos dias certos, nos dias exteriores da minha vida,
Nos meus dias de perfeita lucidez natural,
Sinto sem sentir que sinto,
Vejo sem saber que vejo,
E nunca o Universo é tão real como então,
Nunca o Universo está (não é perto ou longe de mim,
Mas) tão sublimemente não-meu.

Quando digo "é evidente", quero acaso dizer "só eu é que o vejo"?
Quando digo "é verdade", quero acaso dizer "é minha opinião"?
Quando digo "ali está", quero acaso dizer "não está ali"?
E se isto é assim na vida, por que será diferente na filosofia?
Vivemos antes de filosofar, existimos antes de o sabermos,
E o primeiro fato merece ao menos a precedência e o culto.
Sim, antes de sermos interior somos exterior.
Por isso somos exterior essencialmente.

Dizes, filósofo doente, filósofo enfim, que isto é materialismo.
Mas isto como pode ser materialismo, se materialismo é uma
                              filosofia,
Se uma filosofia seria, pelo menos sendo minha, uma
                              filosofia minha,
E isto nem sequer é meu, nem sequer sou eu?

POUCO ME IMPORTA

Pouco me importa.
Pouco me importa o quê? Não sei: pouco me importa.

A GUERRA, QUE AFLIGE COM
OS SEUS ESQUADRÕES O MUNDO

A guerra, que aflige com os seus esquadrões o mundo,
É o tipo perfeito do erro da filosofia.

A guerra, como tudo humano, quer alterar.
Mas a guerra, mais do que tudo, quer alterar e alterar muito
E alterar depressa.

Mas a guerra inflige a morte.
E a morte é o desprezo do universo por nós.
Tendo por consequência a morte, a guerra prova que é falsa.
Sendo falsa, prova que é falso todo o querer-alterar.

Deixemos o universo e os outros homens onde a Natureza
                                                 os pôs.
Tudo é orgulho e inconsciência.
Tudo é querer mexer-se, fazer cousas, deixar rasto.
Para o coração e o comandante dos esquadrões
Regressa aos bocados ao universo exterior.

A química direta da natureza
Não deixa lugar vago para o pensamento.

A humanidade é uma revolta de escravos.
A humanidade é um governo usurpado pelo povo.
Existe porque usurpou, mas erra porque usurpar é não ter
                                                 direito.

Deixai existir o mundo exterior e a humanidade natural!
Paz a todas as cousas pré-humanas, mesmo no homem.
Paz à essência inteiramente exterior do Universo!

TODAS AS OPINIÕES QUE HÁ SOBRE A NATUREZA

Todas as opiniões que há sobre a Natureza
Nunca fizeram crescer uma erva ou nascer uma flor.
Toda a sabedoria a respeito das cousas
Nunca foi cousa em que pudesse pegar, como nas cousas.
Se a ciência quer ser verdadeira,
Que ciência mais verdadeira que a das cousas sem ciência?
Fecho os olhos e a terra dura sobre que me deito
Tem uma realidade tão real que até as minhas costas a sentem.
Não preciso de raciocínio onde tenho espáduas.

NAVIO QUE PARTES PARA LONGE

Navio que partes para longe,
Por que é que, ao contrário dos outros,
Não fico, depois de desapareceres, com saudades de ti?
Porque quanto te não vejo, deixaste de existir.
E se se tem saudades do que não existe,
Sente-se em relação a cousa nenhuma;
Não é do navio, é de nós, que sentimos saudades.

POUCO A POUCO O CAMPO SE ALARGA E SE DOURA

Pouco a pouco o campo se alarga e se doura.
A manhã extravia-se pelos irregulares da planície.
Sou alheio ao espetáculo que vejo: vejo-o.
É exterior a mim. Nenhum sentimento me liga a ele,
E é esse o sentimento que me liga à manhã que aparece.

ÚLTIMA ESTRELA A DESAPARECER ANTES DO DIA

Última estrela a desaparecer antes do dia,
Pouso no teu trémulo azular branco os meus olhos calmos,
E vejo-te independentemente de mim,
Alegre pela vitória que tenho em poder ver-te
Sem "estado de alma" nenhum, salvo ver-te.
A tua beleza para mim está em existires.
A tua grandeza está em existires inteiramente fora de mim.

A ÁGUA CHIA NO PÚCARO QUE ELEVO À BOCA

A água chia no púcaro que elevo à boca.
"É um som fresco" diz-me quem me dá a bebê-la.
Sorrio. O som é só um som de chiar.
Bebo a água sem ouvir nada na minha garganta.

O QUE OUVIU OS MEUS VERSOS

O que ouviu os meus versos disse-me: que tem isso de novo?
Todos sabem que uma flor é uma flor e uma árvore é uma árvore.
Mas eu respondi: nem todos, ninguém.
Por que todos amam as flores por serem belas, e eu sou
                                                                  diferente.
E todos amam as árvores por serem verdes e darem sombra,
                                                                       mas eu não.
Eu amo as flores por serem flores, diretamente.
Eu amo as árvores por serem árvores, sem o meu pensamento.

ONTEM O PREGADOR DE VERDADES

Ontem o pregador de verdades dele
Falou outra vez comigo.
Falou do sofrimento das classes que trabalham
(Não do das pessoas que sofrem, que é afinal quem sofre).
Falou da injustiça de uns terem dinheiro,
E de outros terem fome, que não sei se é fome de comer,
Ou se é só fome da sobremesa alheia.
Falou de tudo quanto pudesse fazê-lo zangar-se.

Que feliz dever ser quem pode pensar na infelicidade dos outros!
Que estúpido se não sabe que a infelicidade dos outros é deles,
E não se cura fora,
Porque sofrer não é ter falta de tinta
Ou o caixote não ter aros de ferro!

Haver injustiça é como haver morte.
Eu nunca daria um passo para alterar
Aquilo a que chamam a injustiça do mundo.
Mil passos que desse para isso
Eram só mil passos.
Aceito a injustiça como aceito uma pedra não ser redonda,
E um sobreiro não ter nascido pinheiro ou carvalho.

Cortei a laranja em duas, e as duas partes não podiam ficar
                                                                    iguais.
Para qual fui injusto – eu, que as vou comer ambas?

MAS PARA QUÊ ME COMPARAR COM UMA FLOR

Mas para quê me comparar com uma flor, se eu sou eu
E a flor é a flor?

Ah, não comparemos coisa nenhuma; olhemos.
Deixemos analogias, metáforas, símiles.
Comparar uma coisa com outra é esquecer essa coisa.
Nenhuma coisa lembra outras se repararmos para ela.
Cada coisa só lembra o que é
E só é o que anda mais é.
Separa-a de todas as outras o abismo de ser ela
(E as outras não serem ela).
Tudo é nada sem outra coisa que não é.

O quê? Valho mais que uma flor
Porque ela não sabe que tem cor e eu sei,
Porque ela não sabe que tem perfume e eu sei,
Porque ela não tem consciência de mim e eu tenho consciência
dela?

Mas o que tem uma coisa com a outra
Para que seja superior ou inferior a ela?
Sim, tenho consciência da planta e ela não a tem de mim.
Mas se a forma da consciência é ter consciência, que há nisso?
A planta, se falasse, podia dizer-me: e o teu perfume?
Podia dizer-me: tu tens consciência por que ter consciência é
uma qualidade humana
E eu não tenho consciência porque sou flor, não sou homem.
Tenho perfume e tu não tens, porque sou flor...

CRIANÇA DESCONHECIDA E SUJA

Criança desconhecida e suja brincando à minha porta,
Não te pergunto se me trazes um recado dos símbolos.
Acho-te graça por nunca te ter visto antes,
E naturalmente se pudesses estar limpa eras outra criança,
Nem aqui vinhas.
Brinca na poeira, brinca!
Aprecio a tua presença só com os olhos.
Vale mais a pena ver uma cousa sempre pela primeira vez que
                                                      conhecê-la,
Porque conhecer é como nunca ter visto pela primeira vez,
E nunca ter visto pela primeira vez é só ter ouvido contar.

O modo como esta criança está suja é diferente do modo como
                                                    as outras estão sujas.
Brinca! Pegando numa pedra que te cabe na mão,
Sabes que te cabe na mão.
Qual é a filosofia que chega a uma certeza maior?
Nenhuma, e nenhuma pode vir brincar nunca à minha porta.

VERDADE, MENTIRA, CERTEZA, INCERTEZA

Verdade, mentira, certeza, incerteza...
Aquele cego ali na estrada também conhece estas palavras.
Estou sentado num degrau alto e tenho as mãos apertadas
Sobre o mais alto dos joelhos cruzados.
Bem: verdade, mentira, certeza, incerteza o que são?
O cego para na estrada,
Desliguei as mãos de cima do joelho.
Verdade, mentira, certeza, incerteza são as mesmas?
Qualquer cousa mudou numa parte da realidade – os meus
                                        joelhos e as minhas mãos.
Qual é a ciência que tem conhecimento para isto?
O cego continua o seu caminho e eu não faço mais gestos.
Já não é a mesma hora, nem a mesma gente, nem nada igual.
Ser real é isto.

UMA GARGALHADA DE RAPARIGA

Uma gargalhada de rapariga soa do ar da estrada.
Riu do que disse quem não vejo.
Lembro-me já que ouvi.
Mas se me falarem agora de uma gargalhada de rapariga da
                                                                  estrada,
Direi: não, os montes as terras ao sol, o sol, a casa aqui,
E eu que só ouço o ruído calado do sangue que há na minha vida
                                                  dos dois lados da cabeça.

NOITE DE S. JOÃO

Noite de S. João para além do muro do meu quintal.
Do lado de cá, eu sem noite de S. João.
Porque há S. João onde os festejam.
Para mim há uma sombra de luz de fogueiras na noite,
Um ruído de gargalhadas, os baques dos saltos.
E um grito casual de quem não sabe que eu existo.

TU, MÍSTICO

Tu, místico, vês uma significação em todas as cousas.
Para ti tudo tem um sentido velado.
Há uma cousa oculta em cada cousa que vês.
O que vês, vê-lo sempre para veres outra cousa.

Para mim, graças a Ter olhos só para ver,
Eu vejo ausência de significação em todas as cousas;
Vejo-o e amo-me, porque ser uma cousa é não significar nada;
Ser uma cousa é não ser suscetível de interpretação.

PASTOR DO MONTE

Pastor do monte, tão longe de mim com as tuas ovelhas –
Que felicidade é essa que pareces ter – a tua ou a minha?
A paz que sinto quando te vejo, pertence-me, ou pertence-te?
Não, nem a ti nem a mim, pastor.
Pertence só à felicidade e à paz.
Nem tu a tens, porque não sabes que a tens.
Nem eu a tenho, porque sei que a tenho.
Ela é ela só, e cai sobre nós como o sol,
Que te bate nas costas e te aquece, e tu pensas noutra cousa
                                        indiferentemente,
E me bate na cara e me ofusca, e eu só penso no sol.

AH, QUEREM UMA LUZ MELHOR QUE A DO SOL

Ah, querem uma luz melhor que a do sol!
Querem prados mais verdes que estes!
Querem flores mais belas que estas que vejo!
A mim este sol, estes prados, estas flores contentam-me.
Mas, se acaso me descontentam,
O que quero é um sol mais sol que o sol,
O que quero é prados mais prados que estes prados,
O que quero é flores mais estas flores que estas flores –
Tudo mais ideal do que é do mesmo modo e da mesma maneira!
Aquela cousa que está ali estar a mais do que ali está!
Sim, choro às vezes o corpo perfeito que não existe.
Mas o corpo perfeito é o corpo mais corpo que pode haver,
E o resto são os sonhos dos homens,
A miopia de quem vê pouco,
E o desejo de estar sentado de quem não sabe estar de pé.
Todo o cristianismo é um sonho de cadeiras.

E como a alma é aquilo que não aparece,
A alma mais perfeita é aquela que não aparece nunca –
A alma que está feita com o corpo
O absoluto corpo das cousas,
A existência absolutamente real sem sombras nem erros,
A coincidência exata e inteira de uma cousa consigo mesma.

O CONTO ANTIGO DA GATA BORRALHEIRA

O conto antigo da Gata Borralheira,
O João Ratão e o Barba Azul e os 40 Ladrões,
E depois o Catecismo e a história de Cristo
E depois todos os poetas e todos os filósofos;
E a lenha ardia na lareira quando se contavam contos,
O sol havia lá fora em dias de destino,
E por cima da leitura dos poetas as árvores e as terras...
Só hoje vejo o que é que aconteceu na verdade.
Que a lenha ardida, exatamente porque ardeu,
Que o sol dos dias de destino, porque já não há,
Que as árvores e as terras (para além das páginas dos
                                            poetas) ★ —
Que disto tudo só fica o que nunca foi:
Porque a recompensa de não existir é estar sempre presente.

★ Espaço em branco deixado pelo autor em seu original.

DUAS HORAS E MEIA DA MADRUGADA

Duas horas e meia da madrugada. Acordo, e adormeço.
Houve em mim um momento de vida diferente entre sono
                                                    e sono.

Se ninguém condecora o sol por dar luz,
Para que condecoram quem é herói?

Durmo com a mesma razão com que acordo
E é no intervalo que existo.

Nesse momento, em que acordei, dei por todo o mundo –
Uma grande noite incluindo tudo
Só para fora.

PÉTALA DOBRADA PARA TRÁS DA ROSA

Pétala dobrada para trás da rosa que outros diriam de veludo,
Apanho-te do chão e, de perto, contemplo-te de longe.

Não há rosas no meu quintal: que vento te trouxe?
Mas chego de longe de repente. Estive doente um momento.
Nenhum vento te trouxe *agora*.
Agora nada te trouxe ainda agora.
O que tu foste não és tu, senão, estava aqui.

ENTRE O QUE VEJO DE UM CAMPO

Entre o que vejo de um campo e o que vejo de outro campo
Passa um momento uma figura de homem.
Os seus passos vão com "ele" na mesma realidade,
Mas eu reparo para ele e para eles, e são duas cousas:
O "homem" vai andando com as suas ideias, falso e estrangeiro,
E os passos vão com o sistema antigo que faz pernas andar.
Olho-o de longe sem opinião nenhuma.
Que perfeito que é nele o que ele é – o seu corpo,
A sua verdadeira realidade que não tem desejos nem esperanças,
Mas músculos e a maneira certa e impessoal de os usar.

GOZO OS CAMPOS SEM REPARAR PARA ELES

Gozo os campos sem reparar para eles.
Perguntas-me por que os gozo.
Porque os gozo, respondo.
Gozar uma flor é estar ao pé dela inconscientemente
E ter noção do seu perfume nas nossas ideias mais apagadas.
Quando reparo, não gozo: vejo.
Fecho os olhos, e o meu corpo, que está entre a erva,
Pertence inteiramente ao exterior de quem fecha os olhos –
À dureza fresca da terra cheirosa e irregular;
E alguma coisa dos ruídos indistintos das coisas a existir,
E só uma sombra encarnada de luz me carrega levemente nas
                                        órbitas,
E só um resto de vida me ouve.

NÃO TENHO PRESSA

Não tenho pressa. Pressa de quê?
Não têm pressa o sol e a lua: estão certos.
Ter pressa é crer que a gente passa adiante das pernas,
Ou que, dando um pulo, salta por cima da sombra.
Não; não tenho pressa.
Se estendo o braço, chego exatamente onde o meu braço chega –
Nem um centímetro mais longe.
Toco só onde toco, não onde penso.
Só me posso sentar onde estou.
E isto faz rir como todas as verdades absolutamente verdadeiras,
Mas o que faz rir a valer é que nós pensamos sempre noutra
                                                                           cousa,
E somos vadios do nosso corpo.

SIM: EXISTO DENTRO DO MEU CORPO

Sim: existo dentro do meu corpo.
Não trago o sol ou a lua na algibeira.
Não quero conquistar mundos porque dormi mal,
Nem almoçar o mundo por causa do estômago.
Indiferente?
Não: filho da terra, que se der um salto, está em falso,
Um momento no ar que não é para nós,
E só contente quando os pés lhe batem outra vez na terra,
Trás! na realidade que não falta!

O VERDE DO CÉU AZUL

O verde do céu azul antes do sol ir a nascer,
E o azul do ocidente onde o brilhar do sol se sumiu.

As cores verdadeiras das coisas que os olhos veem –
O luar não branco mas cinzento levemente azulado.

Contenta-me ver com os olhos e não com as páginas lidas.

COMO UMA CRIANÇA

Como uma criança antes de a ensinarem a ser grande,
Fui verdadeiro e leal ao que vi e ouvi.

NÃO SEI O QUE É CONHECER-ME

Não sei o que é conhecer-me. Não vejo para dentro.
Não acredito que eu exista por detrás de mim.

PATRIOTA?

Patriota? Não: só português.
Nasci português como nasci louro e de olhos azuis.
Se nasci para falar, tenho que falar uma língua.

DEITO-ME AO COMPRIDO NA ERVA

Deito-me ao comprido na erva
E esqueço tudo quanto me ensinaram.
O que me ensinaram nunca me deu mais calor nem mais frio.
O que me disseram que havia nunca me alterou a outra forma
de uma coisa.
O que me aprenderam a ver nunca tocou nos meus olhos.
O que me apontaram nunca estava ali: estava ali só o que ali
estava.

FALARAM-ME EM HOMENS

Falaram-me em homens, em humanidade,
Mas eu nunca vi homens nem vi humanidade.
Vi vários homens assombrosamente diferentes entre si,
Cada um separado do outro por um espaço sem homens.

NUNCA BUSQUEI VIVER A MINHA VIDA

Nunca busquei viver a minha vida.
A minha vida viveu-se sem que eu quisesse ou não quisesse.
Só quis ver como se não tivesse alma.
Só quis ver como se fosse apenas olhos.

VIVE, DIZES, NO PRESENTE

Vive, dizes, no presente;
Vive só no presente.

Mas eu não quero o presente, quero a realidade;
Quero as cousas que existem, não o tempo que as mede.

O que é o presente?
É uma cousa relativa ao passado e ao futuro.
É uma cousa que existe em virtude de outras cousas existirem.
Eu quero só a realidade, as cousas sem presente.

Não quero incluir o tempo no meu esquema.
Não quero pensar nas cousas como presentes; quero pensar
                                        nelas como cousas.
Não quero separá-las de si próprias, tratando-as por presentes.

Eu nem por reais as devia tratar.
Eu não as devia tratar por nada.

Eu devia vê-las, apenas vê-las;
Vê-las até não poder pensar nelas,
Vê-las sem tempo, nem espaço,
Ver podendo dispensar tudo menos o que se vê.
É esta a ciência de ver, que não é nenhuma.

DIZES-ME: TU ÉS MAIS ALGUMA COUSA

Dizes-me: tu és mais alguma cousa
Que uma pedra ou uma planta.
Dizes-me: sentes, pensas e sabes
Que pensas e sentes.
Então as pedras escrevem versos?
Então as plantas têm ideias sobre o mundo?

Sim: há diferença.
Mas não é a diferença que encontras;
Porque o ter consciência não me obriga a ter as teorias sobre as cousas:

Só me obriga a ser consciente.

Se sou mais que uma pedra ou uma planta? Não sei.
Sou diferente. Não sei o que é mais ou menos.

Ter consciência é mais que ter cor?
Pode ser e pode não ser.
Sei que é diferente apenas.
Ninguém pode provar que é mais que só diferente.

Sei que a pedra é real, e que a planta existe.
Sei isto porque elas existem.
Sei isto porque os meus sentidos mo mostram,
Sei que sou real também.
Sei isto porque os meus sentidos mo mostram,
Embora com menos clareza que me mostram a pedra e a planta.
Não sei mais nada.
Sim, escrevo versos, e a pedra não escreve versos.
Sim, faço ideias sobre o mundo, e a planta nenhumas.
Mas é que as pedras não são poetas, são pedras;
E as plantas são plantas só, e não pensadores.

Tanto posso dizer que sou superior a elas por isto,
Como que sou inferior.
Mas não digo isso: digo da pedra, "é uma pedra",
Digo da planta, "é uma planta",
Digo de mim, "sou eu".
E não digo mais nada. Que mais há a dizer?

DIZEM QUE EM CADA COISA UMA COISA OCULTA MORA

Dizem que em cada coisa uma coisa oculta mora.
Sim, é ela própria, a coisa sem ser oculta,
Que mora nela.

Mas eu, com consciência e sensações e pensamentos,
Serei como uma coisa?
Que há a mais ou a menos em mim?
Seria bom e feliz se eu fosse só o meu corpo –
Mas sou também outras coisas, mais ou menos que só isso.
Que coisa a mais ou a menos é que eu sou?

O vento sopra sem saber.
A planta vive sem saber.
Eu também vivo sem saber, mas sei que vivo.
Mas saberei que vivo, ou só saberei que o sei?
Nasço, vivo, morro por um destino em que não mando,
Sinto, penso, movo-me por uma força exterior a mim.
Então quem sou eu?

Sou, corpo e alma, o exterior de um interior qualquer?
Ou a minha lama é a consciência que a força universal
Tem do meu corpo ser diferente dos outros corpos?
No meio de tudo onde estou eu?
Morto o meu corpo,
Desfeito o meu cérebro,
Em consciência abstrata, impessoal, sem forma,
Já não sente o eu que eu tenho,
Já não pensa com o meu cérebro os pensamentos que eu sinto
                                                        meus,

Já não move pela minha vontade as minhas mãos que eu movo.
Cessarei assim? Não sei.
Se tiver de cessar assim, ter pena de assim cessar
Não me tornará imortal.

NÃO BASTA ABRIR A JANELA

Não basta abrir a janela
Para ver os campos e o rio.
Não é bastante não ser cego
Para ver as árvores e as flores.
É preciso também não ter filosofia nenhuma.
Com filosofia não há árvores: há ideias apenas.
Há só cada um de nós, como uma cave.
Há só uma janela fechada, e todo o mundo lá fora;
E um sonho do que se poderia ver se a janela se abrisse,
Que nunca é o que se vê quando se abre a janela.

PONHAM NA MINHA SEPULTURA

Ponham na minha sepultura
    Aqui jaz, sem cruz,
    Alberto Caeiro
    Que foi buscar os deuses...
    Se os deuses vivem ou não isso é convosco.
    A mim deixei que me recebessem.

A NEVE PÔS UMA TOALHA CALADA SOBRE TUDO

A neve pôs uma toalha calada sobre tudo.
Não se sente senão o que se passa dentro de casa.
Embrulho-me num cobertor e não penso sequer em pensar.
Sinto um gozo de animal e vagamente penso,
E adormeço sem menos utilidade que todas as ações do mundo.

HOJE DE MANHÃ SAÍ MUITO CEDO

Hoje de manhã saí muito cedo,
Por ter acordado ainda muito mais cedo
E não ter nada que quisesse fazer...

Não sabia que caminho tomar
Mas o vento soprava forte,
E segui o caminho para onde o vento me soprava nas costas.
Assim tem sido sempre a minha vida, e assim quero que possa
ser sempre –
Vou onde o vento me leva e não me deixo pensar.

PRIMEIRO PRENÚNCIO DA TROVOADA

Primeiro prenúncio da trovoada de depois de amanhã,
As primeiras nuvens, brancas, pairam baixas no céu mortiço.
Da trovoada de depois de amanhã?
Tenho a certeza, mas a certeza é mentira.
Ter certeza é não estar vendo.
Depois de amanhã não há.
O que há é isto:
Um céu de azul um pouco baço, umas nuvens brancas no
                                                    horizonte,
Com um retoque sujo em baixo como se viesse negro depois.
Isto é o que hoje é,
E, como hoje por enquanto é tudo, isto é tudo.
Quem sabe se eu estarei morto depois de amanhã?
Se eu estiver morto depois de amanhã, a trovoada de depois de
                                                    amanhã
Será outra trovoada do que seria se eu não tivesse morrido.
Bem sei que a trovoada não cai da minha vista,
Mas se eu não estiver no mundo, o mundo será diferente –
Haverá eu a menos –
E a trovoada cairá num mundo diferente e não será a mesma
                                                    trovoada.
Seja como for a que cair é que estará caindo quando cair.

TAMBÉM SEI FAZER CONJECTURAS

A Ricardo Reis

Também sei fazer conjecturas.
Há em cada coisa aquilo que ela é que a anima.
Na planta está por fora e é uma ninfa pequena.
No animal é um ser interior longínquo.
No homem é a lama que vive com ele e é já ele.
Nos deuses tem o mesmo tamanho
E o mesmo espaço que o corpo
E é a mesma coisa que o corpo.
Por isso se diz que os deuses nunca morrem.
Por isso os deuses não têm corpo e alma
Mas só o corpo e são perfeitos.
O corpo é que lhes é alma
E têm a consciência na própria carne divina.

É TALVEZ O ÚLTIMO DIA DA MINHA VIDA

*(ditado pelo poeta
no dia da sua morte)*

É talvez o último dia da minha vida.
Saudei o sol, levantando a mão direita,
Mas não o saudei, dizendo-lhe adeus.
Fiz sinal de gostar de o ver ainda, mais nada.

ÍNDICE DOS PRIMEIROS VERSOS

O GUARDADOR DE REBANHOS

Acho tão natural que não se pense, 54
Acordo de noite subitamente, 64
Antes o voo da ave, que passa e não deixa rasto, 63
Ao entardecer, debruçado pela janela, 15
Aquela senhora tem um piano, 30
As bolas de sabão que esta criança, 44
As quatro canções que seguem, 34
Às vezes, em dias de luz perfeita e exata, 45
Bendito seja o mesmo sol de outras terras, 58
Como quem num dia de Verão abre a porta de casa, 41
Como um grande borrão de fogo sujo, 57
Da mais alta janela da minha casa, 69
Da minha aldeia vejo quanto da terra se pode ver do universo, 22
Deste modo ou daquele modo, 66
E há poetas que são artistas, 56
Esta tarde a trovoada caiu, 16
Eu nunca guardei rebanhos, 12
Há metafísica bastante em não pensar em nada, 18
Leve, leve, muito leve, 32
Li hoje quase duas páginas, 47
Meto-me para dentro, e fecho a janela, 70
Não me importo com as rimas. Raras vezes, 33
Nem sempre sou igual no que digo e escrevo, 48
No entardecer dos dias de Verão, às vezes, 61
No meu prato que mistura de Natureza, 36
Num dia excessivamente nítido, 68
Num meio-dia de fim de primavera, 23
O luar através dos altos ramos, 55
O luar quando bate na relva, 38
O meu olhar azul como o céu, 42
O meu olhar é nítido como um girassol, 14
O mistério das cousas, onde está ele?, 59
O que nós vemos das cousas são as cousas, 43
O Tejo é mais belo que o rio que corre pela minha aldeia, 39

"Olá, guardador de rebanhos, 29
Ontem à tarde um homem das cidades, 51
Os pastores de Virgílio tocavam avenas e outras cousas, 31
Passa uma borboleta por diante de mim, 60
Passou a diligência pela estrada, e foi-se, 62
Pensar em Deus é desobedecer a Deus, 21
Pobres das flores dos canteiros dos jardins regulares, 53
Quem me dera que a minha vida fosse um carro de bois, 35
Quem me dera que eu fosse o pó da estrada, 37
Se às vezes digo que as flores sorriem, 50
Se eu pudesse trincar a terra toda, 40
Se quiserem que eu tenha um misticismo, está bem, tenho-o, 49
Só a Natureza é divina, e ela não é divina, 46
Sou um guardador de rebanhos, 28
Um renque de árvores lá longe, lá para a encosta, 65

O PASTOR AMOROSO

Agora que sinto amor, 73
Está alta no céu a lua e é primavera, 72
O amor é uma companhia, 75
O pastor amoroso perdeu o cajado, 78
Passei toda a noite, sem saber dormir, vendo, sem espaço, a figura dela, 76
Quando eu não te tinha, 71
Talvez quem vê bem não sirva para sentir, 77
Todos os dias agora acordo com alegria e pena, 74

POEMAS INCONJUNTOS

A água chia no púcaro que elevo à boca, 118
A criança que pensa em fadas e acredita nas fadas, 101
A espantosa realidade das coisas, 82
A guerra, que aflige com os seus esquadrões o mundo, 113
A manhã raia. Não: a manhã não raia, 100
A neve pôs uma toalha calada sobre tudo, 149

A noite desce, o calor soçobra um pouco, 106
Aceita o universo, 108
Ah, querem uma luz melhor que a do sol!, 128
Como uma criança antes de a ensinarem a ser grande, 137
Creio que irei morrer, 103
Criança desconhecida e suja brincando à minha porta, 122
De longe vejo passar no rio um navio, 102
Deito-me ao comprido na erva, 140
Dizem que em cada coisa uma coisa oculta mora, 146
Dizes-me: tu és mais alguma cousa, 144
Duas horas e meia da madrugada. Acordo, e adormeço, 130
É noite. A noite é muito escura. Numa casa a uma grande distância, 92
É talvez o último dia da minha vida, 153
Então os meus versos têm sentido e o universo não há-de ter sentido?, 96
Entre o que vejo de um campo e o que vejo de outro campo, 132
Estou doente. Meus pensamentos começam a estar confusos, 107
Eu queria ter o tempo e o sossego suficientes, 99
Falaram-me em homens, em humanidade, 141
Falas de civilização, e de não dever ser, 93
Gozo os campos sem reparar para eles, 133
Hoje de manhã saí muito cedo, 150
Leram-me hoje S. Francisco de Assis, 97
Mas para quê me comparar com uma flor, se eu sou eu, 121
Medo da morte?, 95
Não basta abrir a janela, 147
Não sei o que é conhecer-me. Não vejo para dentro, 138
Não tenho pressa. Pressa de quê?, 134
Navio que partes para longe, 115
No dia brancamente nublado entristeço quase a medo, 104
Noite de S. João para além do muro do meu quintal, 125
Nunca busquei viver a minha vida, 142
Nunca sei como é que se pode achar um poente triste, 89
O conto antigo da Gata Borralheira, 129
O que ouviu os meus versos disse-me: que tem isso de novo?, 119
O que vale a minha vida? No fim (não sei que fim), 81
O verde do céu azul antes do sol ir a nascer, 136

Ontem o pregador de verdades dele, 120
Para além da curva da estrada, 79
Passar a limpo a Matéria, 80
Pastor do monte, tão longe de mim com as tuas ovelhas, 127
Patriota? Não: só português, 139
Pétala dobrada para trás da rosa que outros diriam de
    veludo, 131
Ponham na minha sepultura, 148
Pouco a pouco o campo se alarga e se doura, 116
Pouco me importa, 112
Primeiro prenúncio da trovoada de depois de amanhã, 151
Quando a erva crescer em cima da minha sepultura, 91
Quando está frio no tempo do frio, para mim é como se
    estivesse agradável, 109
Quando tornar a vir a primavera, 84
Quando vier a primavera, 87
Se eu morrer novo, 85
Se, depois de eu morrer, quiserem escrever a minha
    biografia, 88
Seja o que for que esteja no centro do mundo, 110
Sempre que penso uma cousa, traio-a, 98
Sim: existo dentro do meu corpo, 135
Também sei fazer conjecturas, 152
Todas as opiniões que há sobre a Natureza, 114
Todas as teorias, todos os poemas, 94
Tu, místico, vês uma significação em todas as cousas, 126
Última estrela a desaparecer antes do dia, 117
Um dia de chuva é tão belo como um dia de sol, 90
Uma gargalhada de rapariga soa do ar da estrada, 124
Verdade, mentira, certeza, incerteza, 123
Vive, dizes, no presente, 143

DIÁRIOS
DE UM CLÁSSICO

POR DENTRO DOS POEMAS DE FERNANDO PESSOA

A influência da obra de Fernando Pessoa vai além da língua portuguesa. Sua poesia penetra no leitor e desperta aquilo que está represado pelas máscaras sociais, revelando seu (e do autor) "eu profundo", sempre tão presente quanto oculto. Meio de o poeta buscar refletir sobre os enigmas da vida e do Universo, a arte de Fernando Pessoa está imbuída de misticismo, resgatando à poesia uma característica primeva: a de perscrutar e revelar o grande Mistério do qual fazemos parte. E Pessoa o faz de forma sintética, minimalista, perturbadora, expandindo os horizontes da língua portuguesa – sua única pátria. A poesia de Pessoa é, de fato, determinante na arte ocidental do século XX.

O ensaísta norte-americano Harold Bloom, em seu influente *O cânone ocidental,* considerou Fernando Pessoa, ao lado de Pablo Neruda, o mais representativo poeta do século XX. Por isso, conforme colocou Roman Jakobson, "é imperioso incluir o nome de Fernando Pessoa no rol dos grandes artistas mundiais nascidos no curso dos anos (18)80: Picasso, Joyce, Braque, Stravinski, Khlebnikov, Le Corbusier. Todos os traços típicos dessa grande equipe encontram-se condensados no grande poeta português".

Trabalhando sobre formas poéticas preestabelecidas, Pessoa produz sempre algo novo. Ele vê a língua portuguesa sob uma perspectiva diferente dos outros falantes nativos. Pessoa reinterpreta o português continental, provavelmente, a partir do aspecto sintético e da objetividade do inglês, língua na qual foi educado e da qual, como tradutor, tirava seu ganha-pão. Talvez seja por isso, como diz Leyla Perrone-Moisés, que "Pessoa forçou a língua portuguesa a uma tal capacidade de materializar abstrações, a uma tal sobriedade para dizer o excessivo, a uma tal definição para dizer o indefinido" – características latentes da língua inglesa. Fernando Pessoa deixou sua marca de inventor de uma nova linguagem poética em todos os poetas portugueses e brasileiros que vieram depois. De fato, ele fez com que o português transbordasse dos limites que lhe reconheciam antes da sua passagem.

Pessoa foi um sujeito em crise de identidade, poeta em crise de língua, gênio poético acuado num país que atravessava uma crise política e econômica. A saída era transbordar: "transbordei, não fiz senão extravasar-me". Dividido em múltiplas pessoas, a sua e de seus heterônimos, ele transbordou em poesia. Buscou com sua obra encontrar a si e ao outro, curar a melancolia que o envolvia, preencher o vazio de sua alma. Pessoa desdobrou-se em outros personagens literários, extensões de sua poderosa criatividade.

"... Desde criança tive a tendência para criar em meu torno um mundo fictício, de me cercar de amigos e conhecidos que nunca existiram. (Não sei, bem entendido, se realmente não existiram, ou se sou eu que não existo. Nestas coisas, como em todas, não devemos ser dogmáticos.) Desde que me conheço como sendo aquilo a que chamo eu, me lembro de precisar mentalmente, em figura, movimentos, caráter e história, várias figuras irreais que eram para mim tão visíveis e minhas como as coisas daquilo a que chamamos, porventura abusivamente, a vida real. Esta tendência, que me vem desde que me lembro de ser um eu, tem me acompanhado sempre, mudando um pouco o tipo de música com que me encanta, mas não alterando nunca a sua maneira de encantar", escreve, em janeiro de 1935, ao crítico Adolfo Casais Monteiro, codiretor da revista *Presença*, principal veículo do Segundo Modernismo português. Dessa tendência de criar em torno de si um mundo fictício, nasceram seus heterônimos.

"(...) Em 8 de março de 1914, acerquei-me de uma cômoda alta, e, tomando um papel, comecei a escrever, de pé, como escrevo sempre que posso. E escrevi trinta e tantos poemas a fio, numa espécie de êxtase cuja natureza não conseguirei definir. Foi o dia triunfal da minha vida, e nunca poderei ter outro assim. Abri com um título, *O guardador de rebanhos*. E o que se seguiu foi o aparecimento de alguém em mim, a quem dei desde logo o nome de Alberto Caeiro. (...) E tanto assim que, escritos que foram esses trinta e tantos poemas, imediatamente peguei noutro papel e escrevi, a fio também, os seis poemas que constituem a *Chuva oblíqua*, de Fernando Pessoa. Aparecido Alberto Caeiro, tratei logo de lhe descobrir – instintiva e subscientemente – uns discípulos. Arranquei do seu falso paganismo o Ricardo Reis latente, descobri-lhe o nome, e ajustei-o a si mesmo, porque nesta altura já o via. E, de repente, e em derivação oposta à de Ricardo Reis, surgiu-me impetuosamente um novo indivíduo. Num ato, e à máquina de escrever, sem interrupção, nem emenda, surgiu a *Ode triunfal*, de Álvaro de Campos – a ode com esse nome e o homem com o nome que tem", conta o poeta a Casais Monteiro nesse importante texto que passou a ser chamado de "carta sobre a gênese dos heterônimos".

Assim, Fernando Pessoa se reinventava para dar vazão à poesia que nele gestava. A pluralidade de autores e de obras criados por um único escritor revela a fecundidade da imaginação que esse poeta expressa em sua criação. Os elementos-chave da sua obra são, porém, minimalistas. Constituem-se, conforme Perrone-Moisés, em "um jogo de xadrez em que as peças são sempre as mesmas – Eu, o outro; sujeito, objeto –, mudando apenas de lugar – aqui, em frente –, sem nenhuma possibilidade de fim de partida". E esse jogo de xadrez poético continua a encantar e a influenciar gerações de leitores. A mágica da poesia de Pessoa "vem de seu talento de ator, da impressão de que nunca o conhecemos totalmente, que nunca se pode dizer *é isto, é sempre isto, é apenas isto*. Não se pode vê-lo 'em profundidade' – até captar o 'verdadeiro' Pessoa –, mas sempre em diagonal, derivando para outra máscara tão sedutora quanto fugidia. Esse jogo infinitamente sutil impede que atolemos no *pathos* do sentimentalismo e faz com que estejamos sempre no campo da inteligência".

Pessoa é um marco na literatura da língua portuguesa comparável a Camões. Ele divide o mundo dos falantes do português entre aqueles que já leram e aqueles que ainda lerão Fernando Pessoa. Trata-se, verdadeiramente, de um poeta imprescindível.

NA INTIMIDADE DE FERNANDO PESSOA

Lisboa, 13 de junho de 1888. Enquanto a cidade coleava pelas ruas na procissão de Santo Antônio, nascia Fernando Antônio Nogueira Pessoa. Numa nota autobiográfica escrita em 1935, ano de sua morte, Pessoa descreve sua "ascendência geral" como "misto de fidalgos e judeus". O pai, Joaquim de Seabra Pessoa, funcionário público do Ministério da Justiça e crítico de música do *Diário de Notícias,* morre quando o filho tem apenas cinco anos. Não muito depois, morre o irmão Jorge, com pouco mais de seis meses.

Aos sete anos, muda-se para Durban. A mãe, Maria Magdalena Pinheiro Nogueira, casara por procuração com o comandante João Miguel Rosa, cônsul de Portugal nessa colônia inglesa da África do Sul. Do casamento nascem cinco filhos.

Na África do Sul, Pessoa destaca-se na escola de língua inglesa que frequenta, a *West Street.* Ganha o prêmio *Rainha Vitória* de estilo inglês no exame de admissão à Universidade do Cabo. Escreve poesia e prosa, sempre em inglês. A educação que Pessoa recebeu foi "aristocrática, moralista e traumatizante".

De volta a Lisboa, em 1905, para estudar Letras, a língua portuguesa revela-se como "estrangeira", "estranha". Em pouco tempo, desiste do curso. Após fundar uma tipografia, a qual mal chegou a funcionar, Pessoa começa a trabalhar como tradutor de cartas e depois correspondente estrangeiro, em escritórios de importação e exportação. Ele considera que "o ser poeta e escritor não constitui profissão, mas vocação". O ofício de tradutor comercial o lança na mais sombria monotonia. Para fugir da mesmice, começa a beber. Para exercitar sua vocação, escreve versos em português. Passa também a colaborar na revista *Águia,* do grupo saudosista *Renascença Portuguesa.* Foi cofundador da *Orpheu,* revista de vanguarda em sintonia com os novos movimentos europeus, como o Futurismo e o Cubismo. *Orpheu* não chega ao terceiro número, mas suas duas únicas edições são o bastante para romper com a estética literária então vigente.

O misticismo permeia sua obra. Pessoa registra sua posição religiosa: "cristão gnóstico, e portanto inteiramente oposto a todas as Igrejas organizadas, e sobretudo à Igreja de Roma. Fiel, por motivos que mais adiante estão implícitos, à Tradição secreta do Cristianismo, que tem íntimas relações com a Tradição Secreta de Israel (a Santa Kabbalah) e com a essência oculta da Maçonaria". Pessoa busca na sua expressão artística "tudo quanto constitui o fundamental e o essencial do meu íntimo ser espiritual", como escreveu a Armando Cortês-Rodrigues em 1915. Debate-se na busca de um "eu profundo", um reflexo do cristianismo gnóstico que cultua, na procura pelo elemento divino em si. A arte tem quase o mesmo sentido que um sacerdócio: "à minha sensibilidade cada vez mais profunda, e à minha consciência cada vez maior da terrível e religiosa missão que todo o homem de gênio recebe de Deus com o seu gênio, tudo quanto é futilidade literária, mera arte, vai gradualmente soando cada vez mais a oco e repugnante".

Estuda ocultismo. Aproxima-se da maçonaria, embora ninguém tenha descoberto a que loja pertenceu – se é que pertenceu a alguma. Dedica-se à astrologia com afinco e dela lança mão com frequência. Um episódio bastante lembrado ilustra sua confiança nas previsões astrológicas. Em 1934, Cecília Meireles foi a Portugal para fazer conferências na Universidade de Coimbra e na Universidade de Lisboa. Aproveitou a oportunidade para entrar em contato com o poeta Fernando Pessoa, de quem havia se tornado admiradora. Através de um dos escritórios para os quais ele trabalhava, conseguiu marcar um encontro. No entanto, Pessoa não apareceu no lugar e na hora combinados. Cansada de esperar, Cecília voltou ao seu hotel, onde encontrou um exemplar do livro *Mensagem* com um recado do autor, explicando o motivo de não ter comparecido. É que Pessoa consultara os astros e, segundo seu horóscopo, "os dois não eram para se encontrar".

Em 1914, o ortônimo Pessoa "conhece" seu heterônimo Alberto Caeiro, homem "louro sem cor, olhos azuis", na descrição do biógrafo João Gaspar Simões. Caeiro nascera em Lisboa no

> **Ortônimos, heterônimos e pseudônimos:**
> *Muitas vezes, os escritores não querem assinar seus trabalhos com o próprio nome. Isso pode acontecer por motivos políticos, para que eles não sejam perseguidos por suas ideias. Assim, quando o autor se "esconde" atrás de um nome, dizemos que ele está usando um pseudônimo, um nome fictício.*
> *Já os heterônimos são diferentes: são autores fictícios, criados por um escritor. Ao contrário dos pseudônimos, os heterônimos possuem personalidade própria e até opiniões próprias. Os heterônimos de Fernando Pessoa, por exemplo, não poupam críticas àquele que lhes deu vida. O criador dos heterônimos, por sua vez, é chamado de ortônimo.*

mesmo ano que Pessoa, mas vive no Ribaltejo. Não tem profissão. Instrução, mínima. Debruçado na janela da casa de uma velha tia-avó, lança seu olhar sobre o mundo. Simples, bucólico, direto. Escreve *O guardador de rebanhos*, *O pastor amoroso* e os *Poemas inconjuntos*. Era o mestre de Fernando Pessoa que a ele se revelava.

No mesmo ano, outro discípulo de Caeiro surge para Pessoa. É o vanguardista Álvaro de Campos. Para Pessoa, "Álvaro não passava de um tardo-simbolista *blasé*, burguês culto e entediado". Ao contrário da serenidade de Caeiro, "opta pela ética do dinamismo e da violência".

Em junho daquele fértil 1914, outro poeta surge na vida de Pessoa. O monarquista Ricardo Reis tem estatura mediana "de um vago moreno mate", conforme a descrição que o próprio Pessoa faz a Casais Monteiro. Nascido em 1887, Reis, médico do Porto, passou um tempo exilado no Brasil, depois da proclamação da República. "Tradicional, conservador, parte do Classicismo para abordar a inquietação humana, interrogar o sentido do Universo", escreve intensamente: onze odes num só mês.

Mais um escritor entra na vida de Pessoa. Numa taberna de Lisboa, Pessoa conhece um homem que aparenta 30 anos, magro, mais alto que baixo, curvado exageradamente quando sentado. Passaram a cumprimentar-se e logo se tornam amigos. É o heterônimo Bernardo Soares, que dá ao poeta o seu *Livro do desassossego*.

"O fenômeno da heteronímia se explica pelo mito do Criador e suas criaturas ou, mais facilmente, pela hipótese de um caso de mistificação pura e simples", propõe Leyla Perrone-Moisés. "A heteronímia nascera como aspiração ao universal, como esperança da Unidade." Diante das suas criaturas, o criador admite: "sou, porém, menos real do que os outros, menos coeso, menos pessoal, eminentemente influenciado por eles todos".

Na verdade, a heteronímia se iniciou muito antes. Após o trauma da perda do pai e do irmão, Pessoa buscou refúgio criando amigos imaginários. "Não tinha eu mais que cinco anos, e, criança isolada e não desejando senão assim estar, já me acompanhava de algumas figuras de meu sonho – um Capitão Thibeaut, um Chevalier de Pas." É uma busca mística que tem ecos na doutrina do filósofo Georg Wilhelm Friedrich Hegel (1770-1831). Referindo-se a essa doutrina, Pessoa indica sua necessidade dos heterônimos: "o ser em si se torna um outro ser e volta a si". Através dos heterônimos, Pessoa quer se descobrir, transcender-se e "voltar a si".

Fernando Pessoa é múltiplo. Como um prisma que parte a luz da língua em diferentes cores poéticas, ele produz a partir de diversas perspectivas. Era ele "o comerciário, o literato, o homossexual envergonhado, o amigo fiel, o sobrinho da tia Anica, o astrólogo, o maçom", questiona um biógrafo, "ou algum dentre os dez ou doze outros eus, outros nomes, outros *nãos* que assinavam seus textos"?

Sua ideologia política é contraditória. Conforme suas palavras "o sistema monárquico seria o mais apropriado para uma nação organicamente imperial, como é Portugal". Na mesma nota autobiográfica escrita em 1935, ele afirma que "considera, ao mesmo tempo, a Monarquia completamente inviável em Portugal. Por isso, a haver plebiscito entre regimes votaria, embora com pena, pela República. Conservador do estilo inglês, isto é, liberal dentro do conservantismo, e absolutamente antirrevolucionário" (PERRONE-MOISÉS, 2001).

Pessoa diz sobre si mesmo ser um "invertido frustrado". Quanto à sua sexualidade, confessa sentir como uma mulher e pensar como um homem. Mais ainda, refere-se a "um corpo de mulher que foi meu outrora e cujo cio sobrevive!". Mas também aqui Pessoa se retira à observação, à condição de *voyeur*: "Ah, olhar é em mim uma perversão sexual!". Para Leyla Perrone-Moisés, "Pessoa passou sua vida toda em busca de um pai e que, tendo tentado ser seu próprio pai, condenou-se ao homossexualismo e à cisão irreparável do eu". Apesar da colocação da estudiosa com relação ao seu homossexualismo, Pessoa teve uma namorada, Ophélia Queiroz, com quem se relacionou por duas vezes: em 1920 e, depois, entre 1929 e 1931. O namoro, porém, não foi em frente. Pessoa desmanchou o compromisso por conta de um desentendimento que teve com Álvaro de Campos. Sua criação temia que o romance o desviasse da poesia. Ele abandona, assim, essa rara possibilidade de contato com o outro.

Pessoa não pode pertencer a nenhuma sociedade, porque o poeta não é um ser "sociável". A função do poeta é ser lúcido e, nesta sociedade, ser lúcido é ser sozinho. Mas Pessoa é ferido por essa abdicação do social. O álcool é uma constante em seu cotidiano, apesar de quase nunca aparecer em seus poemas. Nas poucas vezes em que aparece, é encarado como fuga e derrota. Pessoa vê a si mesmo como um "perdedor": solteirão, trabalhando num emprego menor, dado à bebida, sem "paciência para a higiene", caloteiro, repleto de escritos quase todos inéditos. Como ele mesmo diz sobre si, "um gênio desqualificado".

Em geral, seu estado de espírito é melancólico ou deprimido. No seu *Páginas íntimas e de autointerpretação*, afirma: "Uma das minhas complicações mentais – mais horrível do que as palavras podem exprimir – é o medo da loucura, o qual, em si, já é loucura". Pessoa sofre graves crises de depressão, a pior delas entre o final de 1914 e o início do ano seguinte – logo após a dispersão heteronímica. Uma carta de 1919 a dois psiquiatras franceses revela o diagnóstico que o ortônimo fazia de sua "doença", como se referia ao ânimo que quase sempre o dominava. Nesta, ele se descreve como um "histérico-neurastênico", com predominância de neurastenia. Anos depois, ele vem atribuir à histeria o fruto de sua poesia. Na famosa "carta sobre a gênese dos heterônimos", datada de 13 de janeiro de 1935 ao crítico Adolfo Casais Monteiro, escreve: "É o fundo traço de histeria que existe em mim. Não sei se sou simplesmente histérico, se sou, mais propriamente, um histero-neurastênico. Seja como for, a vossa origem mental está na minha tendência orgânica e constante para a despersonalização e para a simulação. Se eu fosse mulher – na mulher os fenômenos histéricos rompem em ataques e coisas parecidas –, cada poema do Álvaro de Campos (o mais histérico de mim) seria um alarme para a vizinhança. Mas sou homem – e nos homens a histeria assume principalmente aspectos mentais; assim tudo acaba em silêncio e poesia".

Outra carta reveladora sobre os estados mentais que dominavam Fernando Pessoa foi escrita a Tomás Ribeiro-Colaço, em outubro de 1935, um mês antes da sua morte. "O fato é que, desde o ano passado, tenho estado sob o influxo de estados nervosos de diversas formas e feitios (...). Tenho me sentido uma espécie de filme psíquico de um manual de psiquiatria, seção psiconevroses", confessou Pessoa. Ele era, conforme seu heterônimo Álvaro de Campos, "um novelo embrulhado para o lado de dentro". Campos descreve seu criador como alguém que "sente as coisas mas não se mexe, nem mesmo por dentro".

A partir da década de 1930, Fernando Pessoa é reconhecido como uma das figuras intelectuais portuguesas mais proeminentes. A geração do segundo Modernismo português o saúda como mestre, mas ele não tem muito tempo para gozar o reconhecimento. Na noite de 27 para 28 de novembro de 1935, o álcool – que ingeriu a vida toda – o consome numa terrível cólica hepática. Na manhã seguinte, é internado no Hospital de São Luís dos Franceses. Quando a morte se aproxima, em 30 de novembro, a vista falha: "dá-me os óculos!", pede. São suas últimas palavras. Talvez seu melhor epitáfio pudesse ser o breve testemunho que Fernando Pessoa escreveu sobre a própria existência: "seus poemas são o que houve nele de vida. Em tudo mais, não houve incidentes, nem há história".

NAVEGANDO PELO MODERNISMO PORTUGUÊS

O Modernismo em Portugal surgiu em meio à grande instabilidade política da recém-instaurada República, declarada em 1910, com o assassinato do rei Carlos X. A situação portuguesa se agravou ainda mais com a Primeira Guerra Mundial, que trouxe a ameaça de o país perder suas colônias ultramarinas, cobiçadas pelas grandes potências. Por conta disso, um forte sentimento nacionalista se desenvolveu em Portugal. É nessa época, mais precisamente em 1910, que aparece a revista *Águia*, veículo da Renascença Portuguesa. Esse movimento tinha como princípio o estabelecimento de uma arte portuguesa baseada no culto da saudade. Foi na *Águia*, em 1912, que Fernando Pessoa estreou como ensaísta e crítico literário, com a publicação do artigo *A nova poesia portuguesa sociologicamente considerada*.

Pessoa sentia, porém, necessidade de uma revista sua e de seus companheiros mais comprometidos com a modernidade do sentido, do pensamento e da estética. Assim, ele desenvolveu um plano para duas revistas, a *Lusitânia* e a *Europa*. Embora essas revistas não tenham saído, deram lugar ao veículo que veio a fundar efetivamente o Modernismo em Portugal, a revista *Orpheu*. Fernando Pessoa teve um papel fundamental na sua criação. Em carta a um destinatário desconhecido, o próprio Pessoa conta a história do surgimento da *Orpheu*: "Em princípios de 1915 (se não me engano), regressou do Brasil Luís de Montalvor, e uma vez, em fevereiro (creio), encontrando-se no *Montanha* comigo e com Sá-Carneiro, lembrou a ideia de se fazer uma revista literária trimestral – ideia que tinha tido no Brasil, tanto assim que trazia para colaboração alguns poemas de poetas brasileiros jovens, e a ideia do próprio título da revista – *Orpheu*. Acolhemos a ideia com entusiasmo, e como o Sá-Carneiro tinha, além do entusiasmo, a possibilidade material de realizar a revista, passou imediatamente a dar o caso por decidido, e desde logo se começou a pensar na colaboração".

Foi em 1915 que a *Orpheu* saiu, fundando oficialmente o Modernismo português, ou *Orphismo*, como essa primeira onda modernista também foi chamada, em razão da revista. Além de Pessoa, a *Orpheu* lançou outros expoentes da primeira geração modernista portuguesa, como Mário de Sá-Carneiro e Almada Negreiros. A revista colocava-se contra a poesia simbolista e neorromântica. Irreverente, questionava o provincianismo português, ao mesmo tempo em que buscava se sintonizar com os movimentos da vanguarda europeia. As tendências artísticas presentes na *Orpheu* eram diversificadas, mas marcadas pela presença de novos valores estéticos trazidos pelo Futurismo, pelo Expressionismo e pelo Cubismo.

Esses primeiros modernistas rompiam com a tradição cultural portuguesa ao propor um comprometimento com a nova realidade tecnológica em detrimento das glórias do passado. É o moderno *versus* o antigo. São poetas anárquicos e irônicos que publicam nas páginas da *Orpheu* uma poesia complexa, inovadora, de difícil acesso, que escandalizou Portugal na época. A revista também publica composições de pintores, como Guilherme Santa-Rita. Portugal é varrido pelo entusiasmo cultural desses modernistas. Ainda em 1915, Almada Negreiros publica seu *Manifesto anti-Dantas e por extenso*, um texto antiacademismo no qual se declara "poeta d'Orfeu Futurista e tudo". No entanto, a *Orpheu* tem curta duração – apenas dois números – e sai de cena. Por falta de dinheiro, a terceira edição não passou das provas. Com o fim da revista, o grupo da *Orpheu* em breve se desagrega, o que contribuiu, segundo alguns, para o suicídio de Mário de Sá-Carneiro, em 1916.

Em 1927, surge a revista *Presença*, de José Régio e João Gaspar Simões, o primeiro biógrafo de Fernando Pessoa. Publicada irregularmente pelos 13 anos seguintes, a revista trouxe uma outra onda modernista a Portugal, chamada por alguns de "Segundo Modernismo".

EXPOENTES

Mário de Sá-Carneiro (1890-1916), amigo de Fernando Pessoa, é um dos maiores poetas do Modernismo português. Sua poética afasta-se de uma preocupação meramente formal da experiência literária, nela centrando as interrogações e a afirmação de anseios que dão sentido à vida, sem, porém, os encontrar: "Perdi-me dentro de mim / Porque eu era labirinto, / E hoje, quando me sinto, / É com saudades de mim" (*Dispersão*).

Sá-Carneiro se suicida em Paris, em 1916.

Almada Negreiros (1893-1970) é o grande modernista programático da literatura portuguesa, tanto na poesia como no teatro e principalmente na ficção. Dono de um estilo inovador na construção do discurso e, sobretudo, na forma de expor e organizar as ideias, além de escritor, foi também artista plástico.

PASSEANDO PELOS CAMINHOS DE FERNANDO PESSOA

Lisboa. Durban. Novamente Lisboa. Talvez fosse possível dizer que os caminhos de Fernando Pessoa se entrecruzaram nessas duas cidades, onde passou sua vida. Provavelmente, poder-se-ia estender os caminhos que o poeta trilhou aos Açores, onde sua mãe nascera e local que ele visitou quando voltou da África do Sul; ou ao Porto, onde colaborou com a revista *Águia*; ou ainda ao bucólico Ribaltejo de Alberto Caeiro. No entanto, os caminhos de Fernando Pessoa se dirigiam para outras paragens, tão perto e, ao mesmo tempo, tão longe, tão inacessíveis que o poeta só pode atingi-las através da poesia. Fernando Pessoa se põe, assim, à parte do mundo, com suas cidades, ruas e, principalmente, multidões, afinal, "é mais alegre contarmos as estrelas do céu do que as pedras do caminho". O poeta precisa se afastar e silenciar para poder ouvir a si e ao(s) outro(s). Pessoa se retira para sua mansarda e de lá, debruçado sobre a janela da vida, escrutina o mundo como se fosse um ente separado dele – apenas um espectador tentando entender os enigmas da vida. "Tenho na vida o interesse de um decifrador de charadas", registrou. Seus caminhos são criados e percorridos por sua poderosa imaginação e levam aonde têm de levar: "Qualquer caminho leva a toda a parte / Qualquer caminho / Em qualquer ponto seu em dois se parte / E um leva a onde indica a estrada / Outro é sozinho. / Uma leva ao fim da mera estrada. Para / Onde acabou. / Outra é a abstrata margem".

Os caminhos de Fernando Pessoa levam sempre a Fernando Pessoa, ou, então, ao mundo exterior, que nada mais é do que uma outra parte de seu ser: "Ah! os caminhos estão todos em mim. / Qualquer distância ou direção, ou fim / Pertence-me, sou eu. O resto é a parte / De mim que chamo o mundo exterior. / Mas o caminho Deus eis se biparte / Em o que eu sou e o alheio a mim".

CONHECENDO ALBERTO CAEIRO – POEMAS COMPLETOS

Pensar em Deus é desobedecer a Deus,
Porque Deus quis que o não conhecêssemos,
Por isso se nos não mostrou...

Sejamos simples e calmos,
Como os regatos e as árvores,
E Deus amar-nos-á fazendo de nós
Nós como as árvores são árvores
E como os regatos são regatos,
E dar-nos-á verdor na sua primavera,
E um rio aonde ir ter quando acabemos...

CAEIRO, Alberto. "O guardador de rebanhos". In: PESSOA, Fernando. *Alberto Caeiro – Poemas completos*. São Paulo: Saraiva, 2007 (Clássicos Saraiva).

Fernando Pessoa reconhece ter aprendido tudo com Alberto Caeiro. Ele é seu mestre. Órfão de pai muito cedo, na sua busca pela figura paterna, Pessoa criou Caeiro, "antes de tudo o Pai", conforme coloca Leyla Perrone-Moisés. Trata-se de um pai panteísta, alguém conciliado consigo mesmo e com o mundo, cheio da sabedoria e da calma que Pessoa – e os outros heterônimos – tanto buscava. Os versos de Caeiro são livres, têm a naturalidade de um discurso oral enunciado em pleno campo, em harmonia com tudo o que há de verdadeiro no mundo.

Caeiro tem traços biográficos comuns com Fernando Pessoa. Ambos nasceram em Lisboa no mesmo ano, e Caeiro era tuberculoso como o pai de Pessoa. Em busca de ares mais saudáveis, o heterônimo vai viver na casa da velha tia-avó, numa aldeia do Ribaltejo.

Caeiro é a salvação de Pessoa. O ortônimo, os heterônimos e o semi-heterônimo Bernardo Soares apresentam, todos eles, sintomas neuróticos ou psicóticos. Fernando Pessoa, o ortônimo, sofre de melancolia e da sensação de ausência de si mesmo; Ricardo Reis sofre de depressão e abulia; Álvaro de Campos é histérico e ciclotímico em sua juventude, ficando depressivo em sua maturidade. A busca de todos esses doentes por Caeiro é uma busca de saúde. Caeiro seria a salvação. De fato, ele ocupa o ponto mais elevado do panteão heteronímico.

O ortônimo convive pouco com seu mestre imaginário, um breve período entre 1914 e 1915. Caeiro morre jovem, em 1915, aos

27 anos. Nesse intervalo, produz toda sua obra poética, *O guardador de rebanhos, O pastor amoroso* e *Poemas inconjuntos*, estes últimos compilados postumamente por Pessoa.

"*O guardador de rebanhos* inaugura um estágio na poesia de Pessoa, bem como define a fisionomia poética de Caeiro", escreve Caio Gagliardi. O sentido dos poemas que formam não só o *Guardador*, mas toda a obra de Caeiro, se estabelece independentemente da relação entre eles. Escritos na primeira pessoa do singular, com uma linguagem despojada, muito próxima da oralidade, e vocabulário reduzido, têm caráter marcadamente existencial. Pobre em figuras de linguagem e imagens compostas, sem metro, nem rima, a obra trata da realidade das coisas, de despir qualquer ilusão que o intelecto possa imputar àquilo que se percebe exteriormente (e mesmo interiormente). "O único mistério do Universo é o mais e não o menos / Percebemos demais as coisas – eis o erro e a dúvida / O que existe transcende para baixo o que julgo que existe. / A Realidade é apenas real e não pensada." (*Poemas inconjuntos*)

"A procura constante do real objetivo e atemporal, de cada coisa em si mesma, deve porvir, nesse corpo de poemas, da anulação do intelecto", nota Gagliardi. Ou, de acordo com alguns críticos, o ideário de Caeiro resume-se no verso "Há metafísica bastante em não pensar em nada". Dessa forma, "opondo-se à metafísica ou a qualquer exercício de abstração mental, Caeiro transfigura aquilo que é atributo do intelecto em percepção sensível". Nesse sentido, Alberto Caeiro se aproxima da corrente zen do budismo. Para anular a compreensão do mundo vista pela lente do intelecto, o zen budismo lança mão de *koans*, verdadeiras charadas que desafiam a racionalidade e desconstroem a mentalidade linear à qual estamos habituados. Caeiro, por sua vez, lança mão da sua poesia para alcançar o mesmo fim. Repleta de elementos pagãos, ela conduz, nas palavras de Gagliardi, "à aprendizagem do desaprender, à libertação do raciocínio, das ilusões psicológicas, da recorrência a Providência, dos pressupostos culturais" e, consequentemente, sociais. O paganismo de Caeiro é a busca de um caminho contra a corrente, contra a "doença" da nossa civilização. De fato, o tema da doença é uma constante em Caeiro. Essa patologia, como explica um crítico, "provém das contradições profundas de sermos judeus-gregos em busca de uma totalidade que ora atribuímos a uma Lei obscura e culpabilizante, ora podemos alcançar por nossa própria razão". O paganismo seria, assim, um antídoto contra a viseira da nossa herança judaico-cristã, que nos impede de ver o mundo como ele é. "O meu mestre Caeiro não era um pagão: era o paganismo", escreve sobre ele o heterônimo Álvaro de Campos.

Caeiro não reconhece a existência do espírito. "Se a alma é mais real / Que o mundo exterior, como tu, filósofo, dizes, / Para que é que o mundo exterior me foi dado como tipo da realidade?", questiona em um dos seus *Poemas inconjuntos*. Caeiro é, assim, um materialista. No entanto, quando Álvaro de Campos lhe explica a doutrina materialista, ele retruca bruscamente: "Mas isso o que é muito estúpido. Isso é uma coisa de padres sem religião, e portanto, sem desculpa nenhuma". Quando Campos insiste e aponta "várias semelhanças entre o materialismo e a doutrina dele, salva a poesia desta última", Caeiro esclarece: "Mas isso que V. chama poesia é que é tudo. Nem é poesia, é ver. Essa gente materialista é cega. V. diz que eles dizem que o espaço é infinito. Onde é que eles viram isso no espaço?".

É nesse "ver" de Caeiro que tudo se resume. É um ver sempre revelador, sempre descobridor. "Toda a coisa que vemos, devemos vê-la sempre pela primeira vez, porque realmente é a primeira vez que a vemos. E então cada flor amarela é uma nova flor amarela, ainda que seja o que se chama a mesma de ontem", explica Caeiro a seu discípulo Álvaro de Campos. Trata-se de se maravilhar ante "a espantosa realidade das coisas". Se, conforme sustentam alguns filósofos e os físicos quânticos, a realidade é aquilo que é percebido pelo observador, Caeiro propõe, dessa forma, um modo de se perceber uma outra realidade, despida das ilusões resultantes da interpretação do mundo feita pelo intelecto, como também de nossa pesada herança histórica e cultural.

Caeiro funda, dessa forma, uma nova doutrina, o Sensacionismo. O próprio Fernando Pessoa qualifica Caeiro como o fundador dessa corrente. O Sensacionismo rejeita a existência de toda realidade que não dependa da percepção. Assim, para Caeiro, "a base da arte é a sensação".

Caeiro oferece, dessa forma, uma resposta à aflição de homens e mulheres que sofrem ao se perceberem como entidade única, separada, solitária, vivendo uma situação indefinida, incerta e exposta, onde só se tem certeza das experiências pretéritas e da morte que espreita seu futuro. A certeza das sensações é tudo o que temos e com ela devemos cultuar o bom, o belo e o verdadeiro – sem temer a morte, nem se deixar perder pelos excessos da vida. "Nunca vi triste meu mestre Caeiro", atesta Álvaro de Campos. De fato, ele atingiu um nirvana, onde só há o ver e a poesia.

EXPRESSÕES ARTÍSTICAS DA OBRA DE FERNANDO PESSOA

PESSOA NA MÚSICA

• *Língua* é uma música do compositor Caetano Veloso que possui um trecho inspirado no artigo "A minha pátria é a língua portuguesa", de Pessoa. O trecho da canção é: *A língua é minha Pátria / E eu não tenho Pátria: tenho mátria / Eu quero frátria.*

• Tom Jobim transformou em música o poema *O Tejo é mais belo*.

• A cantora portuguesa Dulce Pontes musicou o poema *O infante*.

• O grupo Secos e Molhados musicou a poesia *Não, não digas nada*.

• André Luiz Oliveira musicou alguns poemas de Fernando Pessoa, interpretados por Gilberto Gil, Elba Ramalho, Zeca Baleiro e Cida Moreyra, entre outros. CD *Mensagem 2*, da gravadora Trama, 2005.

PESSOA NA LITERATURA

• *O ano da morte de Ricardo Reis*, de José Saramago, livro no qual o heterônimo volta a Lisboa, em 1936, depois de 16 anos de ausência.

OBRAS DE FERNANDO PESSOA

Fernando Pessoa anotou o seguinte sobre sua obra: "A obra está essencialmente dispersa, por enquanto, por várias revistas e publicações ocasionais. O que, de livros ou folhetos, considera como válido, é o seguinte: '35 Sonnets' (em inglês), 1918; 'English Poems I-II' e 'English Poems III' (em inglês), 1922; e o livro 'Mensagem', 1934, premiado pelo Secretariado de Propaganda Nacional, na categoria 'Poema'".

Sua obra completa foi publicada postumamente. A partir de 1943, Luís de Montalvor deu início à edição das obras completas de Fernando Pessoa, abrangendo os poemas dos heterônimos e de Pessoa ortônimo. Foram ainda sucessivamente editados textos de Pessoa sobre temas de doutrina e crítica literárias, filosofia, política e páginas íntimas. Entre estes, está a organização dos volumes poéticos de *Poesias* (de Fernando Pessoa), *Poemas dramáticos* (de Fernando Pessoa), *Poemas* (de Alberto Caeiro), *Poesias* (de Álvaro de Campos), *Odes* (de Ricardo Reis), *Poesias inéditas* (de Fernando Pessoa, dois volumes), *Quadras ao gosto popular* (de Fernando Pessoa), e os textos em prosa de *Páginas íntimas e de autointerpretação*, *Páginas de estética e de teoria e crítica literárias*, *Textos filosóficos*, *Sobre Portugal – Introdução ao problema nacional*, *Da República* (1910-1935), *Ultimatum* e *Páginas de sociologia política*. Do seu vasto espólio foram também retirados o *Livro do desassossego* por Bernardo Soares, publicado na década de 1980, e uma série de outros textos. Certamente, ainda há coisas a sair do espólio de Pessoa.

Fontes gerais

BLOOM, Harold. *O cânone ocidental* (Trad. Marcos Santarita). Rio de Janeiro: Editora Objetiva, 1995.

CAMPOS, Álvaro de. "Notas para recordação do meu mestre Caeiro". In: *Alberto Caeiro – Poemas completos*. São Paulo: Saraiva, 2007.

GAGLIARDI, Caio. "Os três Caeiros". In: *Poemas completos de Alberto Caeiro*. São Paulo: Hedra, 2006.

LOPES, Teresa Rita. "Pessoa na sua própria pessoa e na pessoa dos outros". In: *Melhores poemas – Fernando Pessoa*. São Paulo: Global Editora, 1997.

PERRONE-MOISÉS, Leyla. *Fernando Pessoa – Aquém do eu, além do outro*. São Paulo: Martins Fontes, 2001.

PESSOA, Fernando. *Obra poética*. São Paulo: Nova Aguilar, 2005.

____. "Os heterônimos de Fernando Pessoa vistos pelo próprio poeta" (título dado pelo editor a apontamento sem data). In: *O guardador de rebanhos*. São Paulo: Princípio, 1997.

____. "Prefácio às ficções de interlúdio". In: *Livro do desassossego*. vol. II. Campinas: Editora da Unicamp, 1997.

QUEIROZ, Mirna. "Fernando Pessoa". Disponível em www.vidaslusofonas.pt/fernando_pessoa.htm. Acessado em agosto de 2007.

SARAIVA, Arnaldo. *Modernismo português e Modernismo brasileiro – Subsídios para o seu estudo e para a história das suas relações*. Campinas: Editora da Unicamp, 2004.

SOARES, Bernardo. *Livro do desassossego*. vol. II. Campinas: Editora da Unicamp, 1997.

CONTEXTUALIZAÇÃO HISTÓRICA

Diferente de tudo, como tudo.
A. Caeiro

APRESENTAÇÃO

A abordagem dialógica não prescinde das relações entre produção literária e contexto histórico. Quer, sim, ressaltar os jogos possíveis entre a dimensão estética e a temporal, entre a criação e a história, demonstrando a liberdade de associação entre uma obra e outra e entre um e outro autor de tempos diferentes, sem, contudo, retirar-lhes suas raízes históricas.

A abordagem do contexto histórico dos manuais de literatura geralmente apenas ilustra o momento em que a obra surgiu; raramente consegue estabelecer uma relação profunda e efetiva entre esse contexto e as produções culturais e literárias que lhe são contemporâneas. Desse modo, os dialogismos podem ser um instrumento central para a superação das explicações mecânicas da relação entre a obra e seu contexto histórico. A obra não é apenas um reflexo de seu tempo, senão ela só poderia ser lida nesse tempo e para esse tempo. Se assim fosse, como explicar a pertinência dos grandes clássicos, que são lidos e reinterpretados de maneiras diferentes a cada século que passa? Da mesma forma, é importante ressaltar os aspectos históricos da obra para compreendermos como o artista a criou.

De fato, para tal tarefa, é importante ver a literatura como parte de uma dinâmica cultural mais ampla. Para isso, é fundamental que consigamos relacionar diversas áreas das ciências humanas: história, arte, filosofia, literatura, entre outras. Trata-se de uma atividade complexa, pois exige do aluno não apenas a decodificação de causa e efeito e as informações básicas sobre o texto em questão. Exige também que ele consiga articular esses ramos do conhecimento e que dê conta de conjugar tudo o que apreendeu desse processo cultural multifacetado que se chama literatura.

O CONTEXTO DO MODERNISMO

O Modernismo surgiu como resposta à transição que teve início com a Revolução Industrial. Nessa época, os novos conhecimentos técnicos e científicos mudaram diametralmente a visão de mundo estabelecida no Ocidente desde a Grécia clássica. À medida que os conceitos teológicos, políticos e sociais eram debatidos, uma nova maneira de entender o homem e o Universo tomava o lugar de antigas concepções. As novas tecnologias também forneciam outras perspectivas para a compreensão da realidade. Os homens conquistavam o sonho de Ícaro, galgando os céus em balões, e cortavam a Terra em trens a velocidades nunca antes imaginadas.

Correntes de pensamento – notadamente a teoria psicanalítica de Sigmund Freud (1856-1939) e o niilismo de Friedrich Nietzsche (1844-1900) – também ajudaram a desbancar o antigo e a clamar pelo moderno. Em termos políticos, o esfacelamento dos grandes impérios europeus, como o Austro-húngaro e a Rússia, bem como a disputa por colônias na África e na Ásia, pressionavam por uma nova configuração geopolítica na Europa e no mundo.

Essas mudanças drásticas tiveram, é claro, reflexo nas expressões artísticas. Uma nova estética já vinha se desenvolvendo, principalmente nas artes plásticas, desde a segunda metade do século XIX. Às vésperas da Primeira Guerra Mundial, já havia um movimento que refutava tudo o que fosse antigo em favor do novo, do moderno: o Modernismo, como veio a ser chamado. Os artistas foram os porta-vozes dessa tendência, que aglutinava em si diversas outras propostas estéticas, as quais vieram a se desenvolver nos chamados "ismos", isto é, Futurismo, Surrealismo, Dadaísmo, Cubismo, Expressionismo.

Em Portugal, o Modernismo teve sua fundação em 1915, e no Brasil, em 1922, com a Semana de Arte Moderna. O painel de textos a seguir tem como objetivo dar subsídios sobre o período, a partir da perspectiva de diferentes autores. Traz, inclusive, alguns escritos raros, de próprio punho, de participantes desse movimento.

Ao concluir a leitura, vá ao SUPLEMENTO DE ATIVIDADES e responda às questões referentes à CONTEXTUALIZAÇÃO HISTÓRICA.

MODERNISMO PORTUGUÊS E MODERNISMO BRASILEIRO

A ideia generalizada de que no período em que se afirmam os modernistas de Portugal e do Brasil foram interrompidos, ou quase, os contatos literários entre os dois países, ou se pôs termo à influência da literatura portuguesa sobre a brasileira, é uma ideia que já nesse período defendiam vários modernistas brasileiros.

O insuspeito Ronald de Carvalho, por exemplo, escrevia em 1920: "A literatura portuguesa, apesar da comunidade da língua, desperta menos interesse no Brasil, sobretudo nas classes cultas, que a francesa, a italiana, a alemã ou a inglesa. Pondo de lado alguns escritores de maior renome, ignoramos tudo quanto se passa no mundo das letras em Portugal".

Mário de Andrade, que em 1915 dava Portugal como um "paisinho desimportante" para os modernistas, reconhecia em 1932 "muito menos ligação contemporânea da expressão intelectual brasileira com a portuguesa, que com a francesa e a inglesa". E Tristão de Ataíde garantia em 1928: "Portugal deixou, de todo em todo, de exercer sobre nós qualquer espécie de influência literária".

Essa ideia, essas ideias parecem mais discutíveis quando se observa o silêncio sobre a literatura portuguesa que guardam quase todas as revistas modernistas brasileiras, ou quando se percorrem quase todas as revistas modernistas brasileiras, ou quando se percorrem antologias de documentos produzidos pelos modernistas brasileiros, como *Brasil: 1.º tempo modernista – 1917-1929, Documentação*, em que quase não há referência a autores ou textos portugueses; as poucas que há ainda podem aparecer em contextos de distanciação e de oposição, mesmo que não tão simbolicamente marcadas como no artigo de Carlos Drummond de Andrade em que os portugueses eram definidos como um "povo que gerou os *Lusíadas* e morreu" e no discurso de Graça Aranha na Academia Brasileira de Letras (19 de junho de 1924) em que propôs: "Em vez de tendermos para a unidade literária com Portugal, alarguemos a separação".

SARAIVA, Arnaldo. "Modernismo português e Modernismo brasileiro – Introdução". In: *Modernismo português e Modernismo brasileiro – Subsídios para o seu estudo e para a história das suas relações*. Campinas: Editora da Unicamp, 2004. p. 21.

ENTREVISTA COM OSWALD DE ANDRADE

Oswald de Andrade, romancista fortíssimo, nome que marca na moderna geração brasileira, passou ontem em Lisboa no "Massilia" e veio visitar-nos pela mão amiga de Antônio Ferro (...). Quisemos ouvi-lo sobre a arte e a literatura do Brasil moderno.

Desde a "Semana de Arte Moderna", realizada em S. Paulo sob o patrocínio de Graça Aranha – um acadêmico –, que o movimento modernista começou a espalhar-se, a tomar fôlego, para varrer de todo, num futuro próximo, a retórica acadêmica de que enferma a literatura brasileira.

Falamos de Rui Barbosa e de Coelho Neto. Este último nome mereceu a Oswald de Andrade um adjetivo bastante depreciativo. Quanto a Rui Barbosa, acha que ele, sendo uma pessoa de grande valor, e escrevendo o português clássico, teve uma influência nefasta.

– A obra de Rui Barbosa é toda ela elogio histórico, acadêmico, empolado.

Sobre a língua, Oswald tem uma opinião curiosa:

– O Brasil, sofrendo a influência de tantas línguas, há de criar uma língua nova, riquíssima, que não pode ser o português clássico.

Voltando à arte e à literatura:

– O relógio brasileiro andava atrasado 30 anos. O que nós procuramos é acertá-lo... A arte e a literatura brasileira têm estado, de há muito, asfixiadas por um classicismo sem razão de ser no Brasil. Começamos agora a libertar-nos. E para isso, para o desenvolvimento das tendências modernistas, bastante contribuiu a ida de Antônio Ferro ao Brasil. Foi um agitador...

Entrevista de Oswald de Andrade concedida ao *Diário de Lisboa*, em 19 de dezembro de 1923. In: *Modernismo português e Modernismo brasileiro – Subsídios para o seu estudo e para a história das suas relações*. Campinas: Editora da Unicamp, 2004. p. 565-66.

UM MOVIMENTO ESPIRITUAL, BRASILEIRO

(...)

É para esse estilo acadêmico que por uma fatalidade institucional caminhamos e o atingiríamos se uma rajada de espírito moderno não tivesse levantado contra ele as coisas desta terra informe, paradoxal, violenta, todas as forças ocultas do nosso caos. São elas que não permitem à língua estratificar-se e que nos afastam do falar português e dão à linguagem brasileira este maravilhoso encanto da aluvião, do esplendor solar, que o tornam a única expressão verdadeiramente viva e feliz da nossa espiritualidade coletiva. Em vez de tendermos para a unidade literária com Portugal, alarguemos a separação. Não é para perpetuar a vassalagem a Herculano, a Garret e a Camilo, como foi proclamado no nascer da Academia, que nos reunimos. Não somos a câmara mortuária de Portugal.

Já é demais este peso da tradição portuguesa, com que se procura atrofiar, esmagar nossa literatura. É tempo de sacudirmos todos os jugos e firmarmos definitivamente a nossa emancipação espiritual. A cópia servil dos motivos artísticos ou literários europeus, exóticos, nos desnacionaliza. O aspecto das nossas cidades modernas está perturbado por uma arquitetura literária, acadêmica; a música busca inspiração nos temas estrangeiros, a pintura e a escultura são exercícios vãos e falsos, mesmo quando se aplicam ao ambiente e aos assuntos nacionais. A literatura vagueia entre o peregrinismo acadêmico e o regionalismo, falseando nesses extremos a sua força nativa e a sua aspiração universal.

(...)

O primitivismo dos intelectuais é um fato de vontade, um artifício como o arcadismo dos acadêmicos. O homem culto de hoje não pode fazer tal retrocesso, como o que perdeu a inocência não pode adquiri-la. Ser brasileiro não é ser selvagem, ser humilde, escravo do terror, balbuciar uma linguagem imbecil, rebuscar os motivos da poesia e da literatura unicamente numa pretendida ingenuidade popular, turvada pelas influências e deformações da tradição européia. Ser brasileiro é ver tudo, sentir tudo como brasileiro, seja a nossa vida, seja a civilização estrangeira, seja o presente, seja o passado. É no espírito que está a manumissão nacional, o espírito que pela cultura vence a natureza, a nossa metafísica, a nossa inteligência e nos transfigura em uma força criadora, livre e construtora da nação.

O movimento espiritual, modernista, não se deve limitar unicamente à arte e à literatura. Deve ser total. Há uma ansiada necessidade de transformação filosófica, social e artística. É o surto da consciência, que busca o universal além do relativismo científico, que fragmentou o Todo infinito. Se a Academia não se renova, morra a Academia.

> ARANHA, Graça. "O Modernismo brasileiro e a tradição portuguesa", trecho do discurso pronunciado na Academia Brasileira de Letras em 19 de junho de 1924. In: *Modernismo português e Modernismo brasileiro – Subsídios para o seu estudo e para a história das suas relações*. Editora da Unicamp, 2004. p. 571-72.

O HEROÍSMO DE PESSOA

A renúncia de Pessoa não é a de um romântico melancólico e sonhador; ela decorre de uma resolução sutil sobre a "vitória", de um *ceticismo irônico* que já traz as marcas de outra passagem de século. Uma atitude como a que está na frase de Machado de Assis: "Ao vencedor as batatas". É o que revela na sua "Estética da abdicação", caracterizada por um niilismo que é o de numerosos escritores, no começo do nosso século (século XX).

(...)

E é aí que Pessoa já difere também de Baudelaire. Baudelaire ainda era um combatente, no novo combate da arte pela arte, como mostra Benjamin, referindo-se à imagem baudelairiana do artista como um esgrimista da pena. Pessoa é declaradamente um desertor. Sua ironia desvaloriza qualquer vitória, mesmo a estática, corrói sua própria concepção de Gênio e torna ridícula qualquer pretensão a tal categoria.

(...)

Os grandes poetas do fim do século XIX pensavam e sentiam da mesma maneira, com relação ao "ambiente". A reação de vários deles foi a de assumir uma marginalidade "maldita"; assim fazendo, retiravam-se da sociedade "normal", mas conservavam pelo menos uma atitude de revolta, que é uma forma de combatividade garantindo uma autoestima. Em Pessoa, o sentimento da exclusão social e do não reconhecimento de seu valor não leva nem mesmo à condição heroica – heroísmo invertido – do "poeta maldito". A atitude do "poeta maldito" implica uma inversão dos valores morais cristãos e burgueses: a estética do mal em Baudelaire, a vagabundagem e a pederastia em Verlaine e Rimbaud, o recurso aos "paraísos artificiais" socialmente condenados (álcool, haxixe), a loucura, a doença, o suicídio.

(...)

O heroísmo de Pessoa é o de ser lúcido até o ponto de renunciar a qualquer álibi social, mesmo ao álibi da "margem". Como diz Octavio Paz (a respeito de outro "excluído", Cernuda): "maior lucidez se necessita para resistir à tentação de representar o papel de rebelde-condenado. Essa rebelião é ambígua; aquele que se julga 'maldito' consagra a autoridade divina ou social que o condena: a maldição o inclui negativamente, na ordem que viola". O poeta moderno, diz ainda Octavio Paz, é: "Um ser diferente, ainda que seja seu descendente, do poeta maldito. Fecharam-se as portas do inferno e não resta, ao poeta, nem mesmo o recurso do Aden ou da Etiópia."

PERRONE-MOISÉS, Leyla. "O Gênio, o Profeta, o Herói". In: *Fernando Pessoa – Aquém do eu, além do outro*. São Paulo: Martins Fontes, 2001. p. 54-57.

ENTREVISTA IMAGINÁRIA
COM O IMAGINÁRIO ALBERTO CAEIRO

por Davi Fazzolari

Brevíssimos esclarecimentos

> Fernando Pessoa caminha sozinho
> Pelas ruas da Baixa,
> Pela rotina do escritório
> Mercantil hostil
> Ou vai, dialogante, em companhia
> De tantos si-mesmos
> Que mal pressentimos
> Na seca solitude
> De seu sobretudo?
>
> Carlos Drummond de Andrade

Fernando Pessoa não se contentava em criar as suas "personalidades literárias" para produzir versos e prosa sob olhares diversos. Vira e mexe fazia com que dialogassem. Em artigos escritos à imprensa e em textos variados, produzia análises e resenhas que um fazia sobre a produção do outro. Assim, Ricardo Reis editava os poemas de Alberto Caeiro, enquanto Álvaro de Campos avaliava as características da publicação. O próprio Fernando Pessoa chegou a ser brevemente analisado por um ou por outro heterônimo. O comentário crítico de um heterônimo às vezes era acatado por um terceiro ou mesmo refutado por quem de direito. O "drama em gente" anunciado por Pessoa de fato fazia transbordar a literatura que produzia.

Foi nesse universo criativo, no qual Fernando Pessoa ficcionalizava-se, que um tal de Alexandre Search, heterônimo menos conhecido – e pouco produtivo –, assumiu a responsabilidade de entrevistar o mestre Alberto

Caeiro, ao encontrá-lo na cidade de Vigo*.

Acrescentamos em nossa edição um dos textos assinados por Álvaro de Campos para as suas Notas para a recordação do meu mestre Caeiro, no qual revela uma interessante conversa que tiveram Pessoa, Caeiro, António Mora e ele, o próprio Campos, em Lisboa. Boa parte dos conceitos defendidos por Caeiro em sua poesia está teorizada nessa conversa.

Boa leitura!

---

* Originalmente eram três os textos formados por opiniões e conceitos do heterônimo Caeiro, a partir das provocações de Search. Dois deles – a parte inicial e o trecho que se inicia por "Sou mesmo o primeiro poeta que se lembrou de que a Natureza existe." – foram recolhidos por Teresa Rita Lopes e publicados pela primeira vez em seu Pessoa por conhecer, em 1990. O trecho iniciado pela pergunta de Search (– "O Sr. Caeiro é um materialista?") foi recolhido por Teresa Sobral Cunha e publicado pela Editora Estampa com o título Poemas completos de Alberto Caeiro, em 1994.

E tudo o que se sente diretamente traz palavras suas.

A. Caeiro

ENTREVISTA COM ALBERTO CAEIRO
por Alexandre Search

Entre as muitas sensações de arte que devo a esta cidade de Vigo, sou-lhe grato pelo encontro que aqui acabo de ter com o nosso mais recente, e sem dúvida o mais original, dos nossos poetas.

Mão amiga me havia mandado desde Portugal, para suavização, talvez, do meu exílio, o livro de Alberto Caeiro. Li-o aqui, a esta janela, como ele o quereria, tendo diante dos meus olhos extasiados o (...) da baía de Vigo. E não posso ter senão por providencial que um acaso feliz me proporcionasse, tão cedo empós a leitura, travar conhecimento com o poeta glorioso.

Apresentou-nos um amigo comum. E à noite, ao jantar, na sala (...) do Hotel (...), eu tive com o poeta esta conversa, que eu avisei poderia converter-se em entrevista.

Eu dissera-lhe da minha admiração perante a sua obra. Ele escutara-me como quem recebe o que lhe é devido, com aquele orgulho espontâneo e fresco que é um dos maiores atrativos do homem, para quem, de supor é, lhe reconheça o direito a ele. E ninguém mais do que eu lho reconhece. Extraordinariamente lho reconhece.

Sobre o café a conversa pôde intelectualizar-se por completo. Consegui levá-la, sem custo, para um único ponto, o que me interessava, o livro de Caeiro. Pude ouvir-lhe as opiniões que transcrevo, e que, não sendo, claro, toda a conversa, muito representam, contudo, do que se disse.

O poeta fala de si e da sua obra com uma espécie de religiosidade e de natural elevação que, talvez, noutros com menos direito a falar assim, parecessem francamente insuportáveis. Fala sempre em frases dogmáticas, excessivamente sintéticas, censurando ou admirando com absolutismo, despoticamente, como se não estivesse dando uma opinião, mas dizendo a verdade intangível.

Creio que foi pela altura em que lhe disse da minha desorientação primitiva em face da novidade do seu livro que a conversa tomou aquele aspecto que mais me apraz transcrever aqui.

O amigo que me enviou o seu livro disse-me que ele era renascente, isto é, filiado na corrente da Renascença Portuguesa. Mas eu não creio...

— E faz muito bem. Se há gente que seja diferente da minha obra, é essa. O seu amigo insultou-me sem me conhecer comparando-me com essa gente. Eles são místicos. Eu o menos que sou é místico. Que há entre mim e eles? Nem o sermos poetas, porque eles não os são. Quando leio Pascoaes farto-me de rir. Nunca fui capaz de ler uma coisa dele até ao fim. Um homem que descobre sentidos ocultos em pedras, sentimentos humanos em árvores, que faz gente dos poentes e das madrugadas [almas]. É como um idiota belga dum Verhaeren, que um amigo meu, com quem fiquei mal por isso, me quis ler. Esse então é inacreditável.

— A essa corrente pertence, parece, a *Oração à Luz*, de Junqueiro.

— Nem poderia deixar de ser. Basta ser tão má. O Junqueiro não é um poeta. É um arranjador de frases. Tudo nele é ritmo e métrica. A sua religiosidade é uma léria. A sua adoração da natureza é outra léria. Pode alguém tomar a sério um tipo de que diga que é [hino] da luz misteriosa gravitando na órbita de Deus? Isto não quer dizer nada. É com cousas que não querem dizer nada, excessivamente nada, que as pessoas têm obra até agora. É preciso acabar com isso.

— E João de Barros?

— Qual? O contemporâneo... A personagem não me interessa. A única cousa boa que há em qualquer pessoa é o que ela não sabe.

∽

— O senhor Caeiro é um materialista?

— Não, não sou nem materialista nem deísta nem cousa nenhuma. Sou um homem que um dia, ao abrir a janela, descobri esta cousa importantíssima: que a Natureza existe. Verifiquei que as árvores, os rios, as pedras são cousas que verdadeiramente existem. Nunca ninguém tinha pensado nisto.

Não pretendo ser mais do que o maior poeta do mundo. Fiz a maior descoberta que vale a pena fazer e ao pé da qual todas as outras descobertas são entretenimentos de crianças estúpidas. Dei pelo Universo. Os gregos, com toda a sua nitidez visual, não fizeram tanto.

∽

"Sou mesmo o primeiro poeta que se lembrou de que a Natureza existe. Os outros poetas têm cantado a Natureza subordinando-a a eles como se eles fossem Deus; eu canto a Natureza subordinando-me a ela, por que nada me indica que eu sou superior a ela, visto que ela me inclui, que eu nasço dela e que (...)

O meu materialismo é um materialismo espontâneo. Sou perfeitamente e constantemente ateu e materialista. Não houve nunca, bem sei, um materialista e um ateu como eu... Mas isso é porque o materialismo e o ateísmo só agora, em mim, encontraram o seu poeta."

E Alberto Caeiro de tão curioso modo acentua o eu, o mim, que se vê a funda convicção com que fala.

LOPES, Teresa Rita. *Pessoa por conhecer – Textos para um novo mapa.* Lisboa: Estampa, 1990.

PESSOA, Fernando. *Poemas completos de Alberto Caeiro* (Seleção, transcrição e notas de Teresa Sobral Cunha.) Lisboa: Presença, 1994.

NOTAS PARA A RECORDAÇÃO
DO MEU MESTRE CAEIRO
por Álvaro de Campos

Uma das conversas mais interessantes, em que entrou o meu mestre Caeiro, foi aquela, em Lisboa, em que estávamos todos os do grupo e por acaso de falar se discutiu o conceito de Realidade.

Se não me engano ao lembrar, essa parte da conversa começou por uma observação lateral do Fernando Pessoa a qualquer coisa que se havia dito. A observação foi esta: "No conceito de Ser não cabem partes nem gradações; uma coisa é ou não é".

"Não sei se será bem assim", objetei eu. "Há que analisar esse conceito de ser. Parece-me que ele é uma superstição metafísica, pelo menos até certo ponto..."

"Mas o conceito de Ser nem é suscetível de análise", respondeu o Fernando Pessoa. "A sua indivisibilidade começa aí."

"O conceito não será", repliquei, "mas o seu valor é".

O Fernando Pessoa respondeu: "Mas o que é o 'valor' de um conceito independentemente do próprio conceito? Um conceito, isto é, uma ideia abstrata não é suscetível de mais nem menos, e portanto não é suscetível de valor, que é sempre uma questão de mais ou menos. Pode haver valor no uso ou na aplicação, mas esse valor é do uso ou da aplicação e não do conceito em si mesmo".

Nisto interrompeu o meu mestre Caeiro, que estivera ouvindo muito com os olhos esta discussão transpontina. "Onde não pode haver mais nem menos não há nada".

"Ora essa, por quê?" perguntou o Fernando.

"Porque tudo quanto é real pode ser mais ou menos, e a não ser o que é real nada pode existir."

"Dê um exemplo, ó Caeiro", disse eu.

"A chuva", respondeu o meu mestre. "A chuva é uma coisa real. Por isso pode chover mais e pode chover menos. Se v. me disser: 'esta chuva não pode ser mais e não pode ser menos', eu responderei, 'então essa chuva não existe'. A não ser, é claro, que v. queira dizer a chuva tal como é nesse momento: essa realmente é a que é e se fosse mais ou menos era outra. Mas eu quero dizer outra coisa..."

"Está bem, compreendi perfeitamente", atalhei eu.

Antes que eu prosseguisse, para dizer não sei já o quê, o Fernando Pessoa voltou-se para Caeiro: "Diga-me v. uma coisa" (e apontou com o cigarro): "como é que v. considera um sonho? Um sonho é real ou não?"

"Considero um sonho como considero uma sombra", respondeu Caeiro inesperadamente, com a sua costumada prontidão divina. "Uma sombra é real mas é menos real que uma pedra. Um sonho é real (senão não era sonho) mas é menos real que uma coisa. Ser real é ser assim."

O Fernando Pessoa tem a vantagem de viver mais nas ideias do que em si mesmo. Esqueceu-se não só de que estava argumentando, mas até da verdade ou falsidade do que ouvia: entusiasmaram-no as possibilidades metafísicas desta teoria súbita, (...)

"Isso é uma ideia admirável! E é originalíssima! Nunca me tinha ocorrido" (E este "nunca me tinha ocorrido"?, tão ingenuamente sugeridor da natural impossibilidade de ocorrer a outrem qualquer coisa que não tivesse já ocorrido a ele, Fernando?)... "Nunca me tinha ocorrido que se pudesse considerar a realidade como suscetível de graus. Isso, de fato, equivale a considerar o Ser não como uma ideia propriamente abstrata mas como uma ideia numérica..."

"Isso é um bocado confuso para mim", hesitou Caeiro, "mas parece-me que sim, que é isso. O que eu quero dizer é isto: ser real é haver outras coisas reais, porque não se pode ser real sozinho; e como ser real é ser uma coisa que não é essas outras coisas, é ser diferente delas; e como a realidade é uma coisa como o tamanho ou o peso (senão não havia realidade) e como todas as coisas são diferentes, não há coisas iguais em realidade como não há coisas iguais em tamanho e em peso. Há-de haver sempre uma diferença, embora seja muito pequena. Ser real é isto."

"Isso ainda é mais curioso!" exclamou o Fernando Pessoa. "V. então considera a realidade como um atributo das coisas; assim parece ser, visto que a compara ao tamanho e ao peso. Mas diga-me uma coisa: qual é a coisa de que a realidade é um atributo? O que é que está por trás da realidade?"

"Por trás da realidade?" repetiu o meu mestre Caeiro. "Por trás da realidade não está nada. Também por trás do tamanho não está nada, e por trás do peso não está nada."

"Mas se uma coisa não tiver realidade não existe, e pode existir sem ter tamanho nem peso..."

"Não se for uma coisa que por natureza tenha tamanho e peso. Uma pedra não pode existir sem tamanho; uma pedra não pode existir sem peso. Mas uma pedra não é um tamanho e uma pedra não é um peso. Também uma pedra não pode existir sem realidade, mas a pedra não é uma realidade."

"Está bem", respondeu o Fernando, entre impaciente, apanhante de ideias incertas, e fugir-lhe-o-chão. "Mas quando v. diz 'uma pedra tem realidade' v. distingue pedra de realidade?"

"Distingo: a pedra não é realidade, tem realidade. A pedra é só pedra."

"E o que quer isso dizer?"

"Não sei: está ali. Uma pedra é uma pedra e tem que ter realidade para ser pedra. Uma pedra é uma pedra e tem que ter peso para ser pedra. Um homem não é uma cara mas tem que ter cara para ser homem. Eu não sei porque isto é assim, nem sei mesmo se há porquê para isto ou para qualquer coisa..."

"V. sabe, Caeiro", disse o Fernando refletivamente: "v. está a elaborar uma filosofia um tanto ou quanto contrária ao que v. pensa e sente. V. está a fazer uma espécie de kantismo seu, criando uma pedra-noumenon, uma pedra-em-si. Eu explico, eu explico..." E passou a explicar a tese kantiana e como o que Caeiro dissera se conformava mais ou menos com ela. Depois indicou a diferença; ou o que, a seu ver, era a diferença: "Para Kant esses atributos (peso, tamanho) não são realidade, são conceitos impostos à pedra-em-si pelos nossos sentidos, ou, melhor, pelo fato de que observamos. V. parece indicar que esses conceitos são tão coisas como a própria pedra-em-si. Ora, isso é que torna a sua teoria difícil de compreender, ao passo que a de Kant, verdadeira ou falsa, é perfeitamente compreensível".

O meu mestre Caeiro ouvira isto com a maior atenção. Uma ou outra vez piscou os olhos como para sacudir ideias como sonos. E, depois de pensar um bocado, respondeu.

"Eu não tenho teorias. Eu não tenho filosofia. Eu vejo mas não sei nada. Chamo a uma pedra uma pedra para a distinguir de uma flor ou de uma árvore, enfim, de tudo quanto não seja pedra. Ora, cada pedra é diferente de outra pedra, mas não é por não ser pedra: é por ter outro tamanho e outro peso e outra forma e outra cor. E também por ser outra coisa. Chamo a uma pedra e a outra pedra ambas pedras porque são parecidas uma com a outra naquelas coisas que fazem a gente chamar pedra a uma pedra. Mas a gente devia dar a cada pedra um nome diferente e próprio, como se faz aos homens; isso não se faz porque seria impossível arranjar tanta palavra, mas não porque fosse erro..."

O Fernando Pessoa atalhou: "Diga-me uma coisa, para esclarecer tudo: v. admite uma 'pedreidade', por assim dizer, assim como admite um tamanho e um peso? Assim como v. diz esta pedra é maior (isto é, tem mais tamanho) que aquela, ou 'esta pedra tem mais peso que aquela', dirá v. também 'esta pedra é mais pedra do que aquela'? ou, em outras palavras, 'esta pedra tem mais pedreidade que aquela'"?

"Sim, senhor", respondeu logo o meu mestre. "Eu estou pronto a dizer 'esta pedra é mais pedra que aquela'. E estou pronto a dizer isto se ela for maior que a outra, ou tiver mais peso, porque o tamanho e o peso são necessários a uma pedra para ela ser pedra... ou, principalmente, se ela tiver mais completamente que outra todos os atributos, como v. lhes chama, que uma pedra tem que ter para ser pedra."

"E o que chama v. a uma pedra que v. vê em sonho?" e o Fernando sorriu.

"Chamo-lhe um sonho", disse o meu mestre Caeiro. "Chamo-lhe um sonho de uma pedra."

"Compreendo" e o Fernando acenou. "Você (como se diria filosoficamente) não distingue a substância dos atributos. Uma pedra é uma coisa composta de um certo número de atributos (os necessários para compor aquilo a que se chama uma pedra) e de uma certa quantidade de cada atributo, que é o que dá à pedra determinado tamanho, determinada dureza, determinado peso, determinada cor, que a distinguem de outra pedra, sendo contudo ambas elas pedras porque têm os mesmos atributos, embora em quantidade diferente. Ora isto equivale a negar a existência real da pedra: a pedra passa a ser simplesmente uma soma de coisas reais..."

"Mas uma soma real! É a soma de um peso real e de um tamanho real e de uma cor real e assim por diante. E por isso é que a pedra, além do tamanho, do peso, etc., tem realidade também... Não tem realidade como pedra: tem realidade porque é uma soma de atributos, como v. lhes chama, todos reais. Como cada atributo tem realidade, a pedra tem-na também."

"Voltemos ao sonho", disse o Fernando. "V. a uma pedra que vê em sonho chama um sonho, ou, quando muito, um sonho de uma pedra. Por que diz v. 'de uma pedra'? Por que emprega a palavra 'pedra'?"

"Pela mesma razão que v., quando vê o meu retrato, diz 'isto é o Caeiro' e não quer dizer que seja eu em carne e osso."

Desatamos todos a rir. "Compreendo e desisto", disse o Fernando a rir conosco. *Les dieux sont ceux qui ne doutent jamais.** Nunca compreendi tão bem a frase de Villiers de l'Isle Adam.

Esta conversa ficou-me gravada na alma; creio que a reproduzi com uma nitidez que não está longe de taquigráfica, salvo a taquigrafia. Tenho a memória intensa e clara que é um dos característicos de certos tipos de loucura. E esta conversa teve um grande resultado. Está claro que foi inconsequente como todas as conversas, e que seria fácil provar que, perante uma lógica rigorosa, só quem não falou se não contradisse. Nas afirmações e respostas, interessantes como sempre, do meu mestre Caeiro pode um espírito filosófico encontrar reflexos do que na verdade seriam sistemas diferentes. Mas, ao conceder isto, não creio nisto. Caeiro devia estar certo e ter razão, ainda nos pontos em que a não tivesse.

De resto, esta conversa teve um grande resultado. Foi nela que o António Mora bebeu a inspiração para um dos capítulos mais assombrosos dos seus Prolegómenos: o capítulo sobre a ideia de Realidade. Em todo o decurso da conversa, foi o António Mora o único que não disse nada. Limitou-se a ouvir com os olhos parados para dentro as ideias que se tinham estado a dizer. As ideias do meu mestre Caeiro, expostas nesta conversa com o atabalhoamento intelectual do instinto, e, portanto, de um modo forçosamente impreciso e contraditório, foram convertidas, nos Prolegómenos, num sistema coerente e lógico.

Não pretendo diminuir o valor realíssimo de António Mora. Mas, assim como a base de todo o seu sistema filosófico nasceu, segundo ele mesmo o diz com orgulho abstrato, da simples frase de Caeiro, "A Natureza é partes sem um todo", assim uma parte desse sistema (o maravilhoso conceito da Realidade como "dimensão", e o conceito derivado de "graus de realidade") nasceu precisamente desta conversa. O seu a seu dono, e tudo ao meu mestre Caeiro.

LOPES, Teresa Rita. *Pessoa por conhecer – Textos para um novo mapa.* Lisboa: Estampa, 1990.

---

* Os deuses são aqueles que não duvidam jamais.

CLÁSSICOS SARAIVA

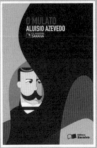